猫を処方いたします。

猫を処方いたします。

我的心理医生是只猫

[日] 石田祥 著
宋川川 译

人民邮电出版社
北京

图书在版编目（CIP）数据

我的心理医生是只猫 /（日）石田祥著 ; 宋川川译 . 北京 : 人民邮电出版社, 2024. -- ISBN 978-7-115-65355-0

Ⅰ . I313.45

中国国家版本馆 CIP 数据核字第 2024BF7266 号

◆ 著　　　　[日] 石田祥
译　　　　宋川川
责任编辑　冯婧姮
责任印制　陈　犇

◆ 人民邮电出版社出版发行　　北京市丰台区成寿寺路 11 号
邮编 100164　　电子邮件 315@ptpress.com.cn
网址 https://www.ptpress.com.cn
文畅阁印刷有限公司印刷

◆ 开本：880×1230　1/32
印张：8.75　　　　2024 年 11 月第 1 版
字数：165 千字　　2024 年 11 月河北第 1 次印刷

著作权合同登记号　图字：01-2024-2960 号

定价：45.00 元

读者服务热线：（010）81055671　印装质量热线：（010）81055316
反盗版热线：（010）81055315
广告经营许可证：京东市监广登字 20170147 号

目录

故事

猫 を 処 方 い た し ま す 。

一

我想
和小 B
一直
生活
在一起

中京心灵诊所

【处方笺】

采访者姓名：香川秀太　　年龄：25　　性别：男

身份：大企业销售人员

症状：因工作压力大失眠、畏惧上班

【处方猫】

品种	性别	年龄	姓名
混血	雌性	8岁	B

医生：来奥　　护士：千岁

昏暗巷子的尽头，香川秀太一个人站在那里，抬头看向眼前的杂居楼。

费了好一番功夫，他总算到了这里。这栋楼夹在两栋公寓楼之间，建造它，仿佛只是为了填补其中的狭缝。

“是这里吗……”他有些摸不着头脑，小声嘀咕了一句。

秀太原本还在纳闷，都什么时代了，竟然还有手机导航搜不到的地方？但看到眼前的情景后，他顿感情有可原。这里沐浴不到一丝阳光，远处的天空也显得雾蒙蒙的。整条巷子被湿气包裹，巷子里的建筑也大都破破烂烂的。

“这是什么鬼地方啊！”

“京都市中京区麸屋町往北……六角街往西……富小路街往南……蛸药师街往东……”

只有京都这个地方，地址标识才会这么独特。实际上，每处地点都有官方的行政区划和街道编号，但这里的人们喜欢用街道名称加上东西南北四个方位来指路。因此，即便有时沿着马路前行，拐几个弯就能到达目的地，但过于抽象的描述，也总让外地人迷失方向。

香川秀太也是如此。为了找到这栋杂居楼，他左转了一次又一次，在这一带绕得晕头转向。就在他打算放弃的时候，一个窄小的巷子入口，骤然映入了他的眼帘。

真不明白京都人为什么非要把路标写得这么让人看不懂。对于外来的秀太来说，京都的街道名简直就是脑筋急转弯，散发着一种“你别想猜到”的傲慢味道。

秀太站在细长的巷子里叹了口气。

不过，他很快又调整好情绪。眼下的情况，倒还不至于让人太失望。虽说这里的环境相当恶劣，但这里的住户可能并不糟糕。而且，说不定附近还有其他公寓楼，那样的话，这条巷子也勉强算是闹中取静的好地方。

杂居楼的大门敞开着。一楼没有电梯，从门外就能看见里面的楼梯。楼里灯光幽暗，阴森森的，感觉不到人的气息。秀太不禁有些毛骨悚然。他沿着走廊往里走，嫌弃的目光快速划过两旁整齐的房门。看上去，这是一栋只有企业入驻的商务楼。而且，楼里的公司看起来都不太靠谱。

一走进这栋狭小的楼里，秀太就感觉自己已经化身为合格的电话推销员，可以亲切地给老年人打电话了。

想到这里，他仿佛真的窥探到了自己的未来，慌忙用力摇了摇头。他正是害怕走上这条不归路，才鼓起勇气来到这里的。顺着楼梯爬上五楼，他看见一个房间的门牌上写着——“中京心灵诊所”。

门看起来老旧厚重，推开时却格外轻松。秀太悄悄往里面瞧了瞧，发现诊所里比他想象中要明亮得多。一进门，正对着的就是前台的小窗口，但此时里面并没有人。

“请问有人吗？”秀太朝里面喊了一声。回应他的只有一片寂静。

难道这家诊所今天不营业吗？秀太呆呆地站在原地，不知如何是好。毕竟他没有这家诊所工作人员的联系方式，所以没办法提前预约。他只好提高音量再次询问道：“您好，有人吗——！”

“啪嗒啪嗒……”一阵拖鞋声响起，一位女护士应声出现。她看起来二十多岁，皮肤白皙。

“您好，请问有什么事吗？”

“不好意思，我是来看病的，不过……我没有提前预约。”

“来看病的？那请进吧。”

这位护士外表很年轻，说话带着浓重的口音，杂糅了关西腔和京都腔的特色。

走进诊所里，一张单人沙发在候诊区等待来客。但护士没有让秀太坐下等候，而是直接将他带进了诊室。诊室比一般公司的吸烟室还小，装饰简单，只有一张桌子、两把椅子和一台笔记本电脑。

这里真的是传闻中那家医术高超的诊所吗？一阵不安逐渐绕上秀太的心头。

至今为止，他去过很多心理医院。无一不是装潢考究、宽敞明亮，没有一家会开在这种让人犹豫该不该进去的老式建筑里。只不过看病的流程有些烦琐，需要病人提前预约，还要在问诊前填好挂号单，还得至少花上一个小时排队。这家诊所一进来就能直接让医生看诊，确实省下了不少时间。但连医保卡都不需要出示，不禁让人心里犯嘀咕。

里间的门帘被一只手掀开后，一袭白衣的医生走了出来。他约莫而立之年，举手投足尽显优雅得体。

“您好，您是第一次来我们诊所吧？”医生语气和缓地问候了一声，脸上挂着浅浅的微笑。

他的声线偏细，语气中带着些许冷傲。这正好使他的京都口音听起来不至于过分亲昵，与病人保持了恰到好处的距离。

“方便问一下吗，您是从哪里听说我们诊所的呢？”

“啊，其实……”

听到医生这么问，秀太有些迟疑，不知应该如何解释。他本想糊弄过去，犹豫再三后终于还是决定实话实说。

“我倒不是从熟人那儿听说的，是一位辞职的老员工告诉我的。不过呢……那位老员工是从他弟媳的堂姐的公司客户……对接的另外一家公司的客户那儿听说的。那位客户说，您家的诊所广受好评呢……”

这还真是一场参与人数之多与可信程度之低兼具的信息接力活

动——甚至，传递来的信息只有三条：诊所的名字、谜语般复杂的地址、五楼。

秀太并非第一次寻求心理医生的帮助。说起第一次，要追溯到半年前了。

那时候，他也并没有多么期待自己的病情能够好转，只是内心感到自己必须要做点儿什么了。

为了治好自己的病，秀太一连辗转了好几家风评不错的医院。结果家和公司附近的医院都去遍了，还是不见成效。于是，他抱着死马当活马医的心态，来到了这家诊所。只不过，没想到它会在这么一个偏僻的地方。

“嗯……这就有点儿难办了。这里只有我和护士两个人，所以原则上我们是不再接收新患者的。”医生缓缓叹了口气。

秀太感到有些沮丧。这家诊所也没希望了吗？虽然医生们平日里总把“关爱患者”挂在嘴边，可面对患者的时候，却很少有人能做到感同身受。

“那好吧，那就算……”秀太话还没说完，医生突然像猫一样露出了些许“笑意”。他的眼神，也变得像个喜欢恶作剧的孩子会露出的神情。

“不过嘛，既然是听人介绍来的，那就另当别论咯。”

秀太突然感到，这个本就只能够容纳两个人促膝而坐的狭小空间，仿佛显得更拥挤了。医生把身体转向桌子，开始噼里啪啦敲击起电脑键盘。

“您的姓名和年龄是？”

就这样，治疗猝不及防地开始了。

“香川秀太，今年二十五岁。”

“您哪里不舒服？”医生平静地问道。

秀太开始紧张起来。这一幕已经重复过无数次了。每位医生都会在最短的时间内了解病情，再给出使人感到被敷衍的建议。

“您真是不容易”“工作不这么拼也没关系的”“谢谢您的光顾”……

有的医生竟还会莫名其妙地向自己道谢。

随后，医生们都会开一些差不多的药。显然，缓解病情的不是医生的医术，而是药。

“我……失眠、耳鸣、食欲不振……一想到工作，就胸口发闷，无法呼吸，整夜睡不着。”

这些症状十分普遍，医生们也早已司空见惯。可是，秀太决定尝试摆脱现状，这次一定要和这位医生好好描述一下自己的情况。

一不留神，他竟下意识地吐露了心声：“我想辞掉工作……”

“哦？是吗？”

秀太心底一惊，他只是小声嘀咕了一句，没想到医生会揪住这一句追问。

“啊……不，不是这样的！我不想辞职，只是不知道怎么才能继续在公司待下去。我在一家证券公司工作。这家公司规模不小，还承接广告类的业务，只不过用人用得有点儿狠……”

“明白了。”

医生微笑着，淡淡地回了一句。

“那就开一副猫猫处方吧。‘服用’后请您观察一段时间。”

说完，他把转椅转向身后，说道：“千岁护士，带猫猫过来。”

“来了。”帘子后传来护士的声音。那个皮肤白皙的护士走了进来。刚刚在前台时，秀太没有注意到，护士是个眉眼盈盈、清丽脱俗的女人。朴素的打扮也难掩她的气质。护士用略带讶异的目光看向秀太，随后冷冰冰地问道：“米奥医生，这个人能用猫猫处方吗？”

“嘿嘿，应该没问题的。”

比起护士来，医生简直称得上平易近人。这个诊所已经够古怪了，米奥医生这个名字，更是显得稀奇神秘。

护士把手提宠物箱放在桌子上，便一言不发地回到帘子后面去了。这个塑料宠物箱的侧面，还装有简易的透气网。

那里面，真的有一只猫！

秀太瞬间“石化”，眼下的状况像是一匹脱缰的野马，一头撞了他个措手不及。

他仔细端详起箱子里——真的是猫！

这是一只极为普通的灰色的猫。它的身子躲在阴影中，看不大清楚，不过，那双又大又圆的金色眼睛，正警惕地望向秀太。

“那么，香川先生，请您先坚持‘服用’一周。”

“啊？”

“稍后我会开药方给您，请交给前台。”

“呃……还有药方？”

“那是当然。”

这番对话放在医生与患者间，本是再寻常不过了。可眼下的状况却和寻常二字相去甚远。秀太看着箱子里的猫，开口问医生道：“这……是猫？”

“没错，这不是猫吗？”

医生一本正经地回答。确实，无论怎么看，这都是一只猫。可是，秀太还是不敢相信自己的眼睛。

“这……是真的猫？”

“当然了，药效很好哟。俗话说，‘猫是百药之长’。也就是说，猫比任何药都有效。”

这话听上去总感觉有些怪。秀太一头雾水地从医生手中接过一张纸条。

“这是药方，您拿着去前台，领完东西就可以走了。那么，我们一周后见。非常抱歉，后面还有预约的患者在等。”

说罢，医生向门口的方向伸了伸手，他就差直接请秀太出去了。不明所以的秀太总算回过神来，顿时哑然失笑。

“哦哦哦，原来如此！这算是动物疗法吧……”

乍一听有点儿使人发蒙，但这其实并不难理解。不过是通过和动物接触，来抚慰患者心灵的疗法嘛。

秀太笑着说完，面前的医生却毫无反应。

不，他一定是在装作若无其事的样子观察着患者。

“出乎患者意料也是治疗的一个环节吗？原来如此，怪不得哪儿都查不到你们诊所的信息。确实，刚才我的大脑一瞬间一片空白。猫猫处方吗？真有意思啊！”

秀太把脸凑近箱子，朝里看去。里面的猫也瞪大了一双眼睛，目不转睛地盯着他。

秀太无奈地笑了。他对动物不太了解，对面的小动物也同样显出有些为难的样子。

“这只猫还蛮可爱的，但它看上去好像不太喜欢我。”

“是吗？我看看。”

说着，医生便凑了过去，和箱子几乎来了个零距离接触。医生的脸和箱子之间，距离近得使秀太吃了一惊。可是，医生却面不改色地把鼻尖贴在箱子上，凝视着里面的猫。

“喵，怎么样？没问题吧？喵，它说没问题。”

“嗯？它说的？但它看起来很害怕呀。”

“是吗？我再看看。”医生又把鼻尖凑了上去。这也太近了。看得秀太脊背发凉。“怎么样，不行吗？没有问题吧？”

医生和猫又交流起来。随即，他抬起头笑道："它保证完全没问题。"

"不不不，不是它的问题。是我不太习惯和动物相处，猫应该很讨厌我这种人吧。给我做治疗，对它来说大概也是种折磨……"

"您放心，猫猫处方对您这类不习惯和小动物相处的患者也是效果显著的。后面还有其他患者，我们今天就到这里吧。"

医生说罢，笑着站起身来，拎起手提宠物箱，二话不说就放到了秀太的腿上。

"等等……"

"一周后见！"

医生露出了不容置疑的笑容。秀太只好抱着宠物箱，稀里糊涂地走出了诊室。或者说，稀里糊涂地被赶了出来。

候诊区的沙发上没有人。秀太愣在原地。这时，前台的小窗里伸出一只白皙的手。

"香川先生，这边请。"

"好……好的。"

秀太怀疑，发生在这里的一切都只是一场戏，他自己也成了戏中人。说不定在某处，还有摄像头在记录着他们的一举一动。他这样想着，不禁四下张望起来。

走到前台前，他透过小窗，看到了护士的脸。

"请把药方给我。"

秀太将医生开的药方递了过去。护士接过药方，转身走进屋里。秀太手里的箱子左右乱晃起来，沉沉地不停向下坠。

这种感觉很奇妙。他的手很久没有像现在这样接触过活物了，上一次还是在小学养兔子的时候。秀太忍不住逗弄起猫来，但那只猫却丝毫不为所动。

“你的定力不错嘛。”秀太的表情舒缓了许多。

护士回来了，手里拿着一个纸袋。“请拿好。”

她从窗口把纸袋递给秀太。秀太只能腾出一只手去接，用另一只手拎着箱子。猫在箱子里顿时失去平衡，滑向了一边。

“哎呀！抱歉啊小猫咪。那个……请问这个纸袋里装的是什么啊？这么沉。”

“这是必需品，里面附有说明书，请仔细阅读。”

护士冷淡地说道。婉转的京都腔里，浸染着一种拒人千里的疏离感。

从纸袋口可以看到里面装着塑料盆和托盘，还有一些东西像是猫粮。这些都是养猫必备的吧。所有人表演得都很投入。只不过，过于逼真的表演让秀太感到有些惶恐。

“还要继续拍下去吗？是不是导演该喊‘咔’了？”

“如果有不明白的地方，请咨询医生。祝您早日康复。”

护士例行公事般说完，便埋头继续做手头的工作了。

“呃……”

“保重。”

“请……请问……”

“保重。”

秀太见对方无意为自己解惑，无奈之下，只好先带着沉甸甸的纸袋和宠物箱离开。由于手上塞满了东西，他连开门都感到格外费力。

走出诊所，秀太茫然地站在走廊上。刚刚到底发生了什么？

他呆呆地愣在原地。这时，一个一脸凶相的男人走了过来。男人从秀太身前经过，打开了隔壁房间的门。

突然，男人似乎察觉到了秀太的视线，于是向他这边投来了狐疑的目光，似乎下一秒就要开口搭话了。

秀太见状，赶忙离开了。为了减缓宠物箱的颠簸，他尽量稳稳地走下了楼梯。拍戏可真不是一件轻松的工作！好不容易出了杂居楼，巷子里发霉的味道再次扑鼻而来。秀太感到终于回到了现实。手上的沉甸甸的东西，也明明白白地告诉他，这一切都是现实。

秀太从公司的老员工那里听说，这家诊所的医生医术高超。可是，老员工是从他弟弟那儿听说的，弟弟又是听他妻子分享的，妻子又是从她的堂姐那儿得来的消息……传言总是传着传着就变样了。一步、两步、三步……秀太试探着挪动脚步，假意离开。他内心在等待着那位女护士追上来，告诉他这只是在拍一场综艺节目。可是，他左等右等，也没有听到那声本该传来的“咔！”。这场闹剧，似乎迟迟没有收场。

难道这真的是一种不可思议的新型治疗手段？又或许这一切只是一场骗局？秀太呆呆地看着手提箱里的处方——一只猫。

他不禁自嘲，辗转这么久，自己来到的居然是这样一家令人不可思议的诊所。

运送猫真是一件要命的工作——过马路时不能走得太快，也不能将沉重的箱子扛在肩上。回家的路竟然用了半个多小时，秀太一路只能单手紧紧拎着宠物箱。里边的猫时不时还会因为不舒服而挣扎个不停。尽管他的手臂早已没有力气，但也只能紧咬牙关，继续忍耐酸痛。

回到公寓，秀太刚把箱子放在地板上，猫就像察觉到了什么似的，突然开始躁动起来。秀太不忍心将它关在狭小的宠物箱里，于是打开了箱子的门。

可是，猫却不愿出来。

“怎么了，小猫咪？出来活动一下身子呀！”

猫还是不出来。秀太有些担心，便往箱子里瞄了一眼。猫居然缩在了箱子一角。

究竟是怎么回事？秀太翻了翻从诊所带回来的纸袋，里面有两个同样大小的盘子。他摇了摇猫粮袋，听到了一阵沙沙声，看来是颗粒状的。

“先喝点儿水吧。”

秀太往一个盘子里装了些自来水，放在了箱子前，可猫咪还是一动不动。

“对了，不是有说明书嘛！”

秀太翻出了纸袋里的说明书，一边阅读上面的文字，一边时不时看向猫。

“B，雌性，约八岁，混血。早晚各喂一次，适量即可。饮用水常备。及时打扫粪便。基本无须特殊照顾。请将易误食的细小物件及杯盘等易碎品放置在猫猫接触不到的位置。请注意盆栽等物品的摆放。请勿将猫猫带到室外。谨记。”

说明书上只有这些内容。秀太又仔仔细细读了一遍，依然没有发现什么特别之处。

“完了……我又没养过猫，居然还要照顾它一周，不会出问题吗？”

这个扁扁的托盘和猫砂该怎么用呢？就这么放着，猫就会自己进去上厕所吗？会不会拉到房间里呢？猫粮要喂多少？它会不会把墙面抓花呢？

秀太满脑子问号，身边也没有懂这些的朋友。无奈之下，他只好上网搜索，看看有没有关于猫咪排泄和进食的信息。

至少，他已经知道了猫咪的名字。

秀太趴在地板上，朝箱子里一看，他的目光正巧对上了里面那双金色的大眼睛。

“你叫B？嘿，小B，快出来呀。原来你是个女孩子啊。肚子饿了吧？快出来吃大餐呀！”

时间已经来到傍晚，正是人类进餐的时间，它一定也饿了吧……秀太看了看猫粮袋背面的文字，又上网查了查，大概了解了猫一次进食的量。正当他思前想后的时候，箱子里慢慢探出了一个小脑袋。

“哎呀，你出来啦？”

秀太话音刚落，猫就立刻把头缩了回去。眼看着猫就要出来了，可自己的声音却吓到了它。吃了一次教训后，秀太干脆屏住呼吸，静静地跪在那里。等了一会儿，猫猫再次探出小脑袋，露出半张脸，睁大眼睛，静静地盯着秀太。一人一猫似乎在暗暗较劲，一场耐心大比拼就这样持续了良久。不过，与其说这是他们两个之间的相互试探，倒不如说这是一场来自猫猫考官的考验。眼下，考生秀太因为长时间一动不动地跪在那里，两条腿都已经开始变硬发麻，忍不住发颤了。不过，他并未选择弃考。

终于！猫猫考官高抬贵手了。它将一只小爪子缓缓伸出了箱子。

可是！小爪子迟迟没有落地，随时都有可能缩回箱子里去。

拜托了，出来吧！腿好麻，我要撑不住了……

秀太的心理防线就要崩溃了。这时候，那只小爪子终于轻盈地落在了地板上。圆圆的肉垫先轻轻地触碰地面，接着，整只小爪子缓缓落下。爪腕处开始弯曲，肉垫开始挤压，像是婴儿的小脚丫一样，肉嘟嘟的，可爱极了！

猫猫一步、两步、三步、四步……最后离开箱子的，是它那长长的、翘翘的尾巴。

猫猫刚刚踏出箱子的那一刻，秀太感觉到这只猫的个头还真不小。

不过，他随后发现，这只猫猫的体型其实算不上健硕，应该算是纤长。秀太回忆起以前看过的一些视频，说猫咪可以挤过狭窄的墙缝。眼前的这只猫猫，看上去就像灰色的毛毯一样松软。如果它钻进窄小的缝隙里，加上全身的毛发，它也会像液体一样满溢出来吧。

为了不吓到猫，秀太咬紧牙关，静悄悄地拉伸着双腿。猫咪似乎对于秀太受的苦一无所知，慢慢靠近了水盘。它先用小鼻子嗅了嗅，而后用粉色的小舌头轻舔起盘子里的水。

秀太一边揉着发麻的双腿，一边不可思议地注视着猫猫。水滴不断跳跃起来，又落回到水盘中，仿佛编织出一曲轻快的华尔兹，瞬间点亮了这个曾经枯燥乏味的房间。猫猫的戒心似乎消解了不少，小脑袋左探探右盼盼，开始打量起整个房间。最后，它的视线落在了还未拆封的猫粮袋上。

“哈哈，好吧好吧，稍等哟，小 B。”

喂完水，就该喂猫粮了。秀太的嘴角泛起微笑，他心想，养猫还挺简单的嘛。

秀太拆开包装，将猫粮倒在另一个盘子里。面对“飞流直下的美食瀑布”，小 B 居然还能保持住优雅的坐姿。秀太装好了猫粮，以为下一刻它就会扑上去大快朵颐。可现实却是，猫还是一动不动地坐着，只是睁大了它那圆溜溜的眼睛，瞳孔也因为看到食物而放大。

“快吃吧！可美味了！你看——”

秀太抓起一把猫粮，像吃零食一样假装美美享用了一番。可是，小 B 仍然纹丝不动。看它的眼神，仿佛在无声吐槽：“这个愚蠢的家伙到底在做些什么？”

秀太也察觉到，自己似乎被小 B 当成了傻瓜。他无奈地瘫倒在床上，一边装出若无其事的样子，一边用余光偷偷瞄着一旁的猫。

过了一会儿，小 B 轻手轻脚地凑到食盘前，终于开始享用晚餐。“咔咔咔，咔咔咔”，猫猫的存在感那么强，吃东西的时候，却只会发出这么惹人怜爱的小动静。猫猫这种动物，真的是不可思议呀！

秀太躺在床上胡思乱想着，他已经有些入神了。

这只猫的突然出现，给他一直以来的独居生活平添了几分违和感。一眼望去，整个房间只能用脏乱差来形容。漫画、游戏机不知道在地上堆放了多久。平时的秀太，下班回家后一定是倒头就睡。周末也要宅在家里睡上一整天。房间里的东西并不少，但没有一样能给他带来半点乐趣。

更不用提盆栽一类的摆设了。即便有，想必也很快就会枯萎。

可如今，秀太却不知时隔多久之后，重新打扫起了房间。他扔掉地上散乱的饮料瓶盖、吃完外卖乱扔的筷子，还把乱丢的衣服、杂志叠放到了一起。

除了到各家医院寻医问药，他已经很久没有主动做些什么事情了。简单地打扫房间后，他的身心都感到一种久违的放松。

"啊，对了！这个可不能放在这儿！"

桌子上散落的药片，反而成了一大隐患。秀太急忙将它们收进了抽屉。

吃完猫粮后，小 B 开始在房间里到处转悠，一会儿闻闻这里，一会儿嗅嗅那里。小 B 的脚步异常轻盈，仿佛身体没有一丝重量。看着猫猫在房间探险的样子，秀太的心也随之平静下来。这种疗法虽然有些让人摸不着头脑，但显然已经开始产生效果。

它会在哪里睡觉呢？秀太还没来得及准备猫窝。虽然现在这个季节还不是很冷，但要不还是给小 B 铺一件毛衣吧。或者……它会钻进自己的被窝？

不知不觉中，秀太进入了梦乡，他甚至忘记了自己本该吃一片药。

秀太抱着宠物箱，一口气跑上了五楼。

他冲进“中京心灵诊所”，喘着粗气，啪的一声，把箱子放到了前台的小窗口前。

上次那个态度冷淡的护士就坐在里面。

“我……我要和医生聊聊这只猫。”

“香川先生，您预约的是四天后。您的猫猫处方也还有四天的疗程。”

“不不不！什么猫猫处方，我已经受够了！”秀太情绪激动，有些喘不上气，连话都说不利索了。“总之，我现在就想见医生，等多久都行！”

“这样的话，请您直接进去就诊吧。”

“我都说了等多久都行……什么？”

“请进。”

护士说完，就埋头处理起别的事情。秀太不禁一愣，他从公司赶回公寓，把猫装进箱子后，就火急火燎地赶到了这里。他心意已决，今天不把这股怒气发泄出来，决不轻易罢休。没想到，护士竟然这么容易就放自己进去，这让秀太感觉自己一拳打在了棉花上。

“请问……”

“请在诊室等候。”

护士头也不抬，冷冷地说道。秀太只好抱着宠物箱，又一次绕过那张单人沙发，在狭小的诊室里等着医生。

放在腿上的宠物箱沉甸甸的，猫在里面躁动不安。

不是小 B 的错。秀太心知肚明，但就是咽不下这口气。帘子掀开，医生走了出来。

“香川先生来啦，这次是为了什么事情呢？”

看到医生“人畜无害”的笑容，秀太彻底爆发了。

“我被炒鱿鱼了！工作都丢了！都怪这只猫！就是这个家伙的错！”

他一边怒吼，一边用力按着箱子。

猫猫似乎也察觉到了秀太的怨气，在箱子里发出一阵阵低吼。

“哦哦，那不是正好？”

“正好？哪里正好？！”

“您不是说过很想辞职吗？这下梦想成真，问题也就解决了。哎呀，这药方果然开对了，真是药到病除呢。”

医生得意地笑着。看着他的笑脸，秀太反倒找回了些许冷静。

跟这种医生说什么都没有用，简直就是在过家家。而且，这医生也根本没给自己做过什么像样的治疗。

尽管秀太的情绪平复了一些，但他无论如何还是想抱怨几句。于是，他将宠物箱放到了桌面上。

“我可从没想过要辞职！好不容易才进了这样的大公司，我就是不想辞职才来找你咨询的。”

医生一脸困惑。

“您不是说，那是家黑心企业吗？”

“呃……还不是到哪儿都一样？现在不管大企业还是小企业，多多少少都会有不尽如人意的地方。”

秀太的良心也感到有些不安，自己竟然会替如此无良的企业说话。

之前朋友们就毫不顾及情面地劝过秀太。

“在哪里工作都一样的”“有工资拿就不错了”“你要求也太高了吧”……

他也这样劝慰自己，才忍受着内心的挣扎，一直撑到现在。但如今一切努力都付诸东流了。想到这里，秀太陷入了痛苦的泥沼。

“因为这点小事就开除我，太过分了！我一直忍耐到今天，到底是为了什么？！”

“嗯……”医生看了一眼手表，“如果不介意的话，我可以听您诉诉苦。预约的病人还没有来。”

听医生的语气，他对秀太似乎有几分同情，又隐隐使人感觉他在等着看笑话。

一阵无力感向秀太袭来。这家诊所和秀太去过的其他所有医院都完全不一样，那些医生甚至连表面功夫都懒得做足，自己苦也诉了，眼泪也流了，对方却不给予自己半点同情。不过……与其装模作样地同情自己，这样可能反而更好。

眼前这个奇怪的医生，表情轻松地笑着。

“我把猫带回去的那天，倒是没出什么问题，小 B 很老实地睡下了。第二天早上，我准备好猫粮就去上班了。”

诚然，那天晚上的秀太，确实感受到自己被治愈了。但是，一切又很快回到了既定的轨道。黑心企业带来的创伤，可不是一只猫就能轻松化解掉的。

猫这种动物，其实也不难养嘛。

看着安安静静吃猫粮的小 B，秀太的嘴角向上扬了扬。他原本以为，一觉醒来，房间肯定会被它搞得天翻地覆，而事实证明他的担心是多余的。

小 B 蜷缩在桌子下面，什么坏事也没做。秀太一起床，小 B 就立刻凑了过来。只是相处了一天，就这么亲近自己了吗？还是有人把它训练成了这个样子的呢？秀太往洗漱台走过去，小 B 也紧紧跟在他身后。

秀太觉得腿有些异样，他往下一看，不禁笑出了声。原来，小 B 正用头蹭他，力气大得有些出乎意料，三角形的小耳朵都压弯了。秀太害怕被猫抓伤，一直没敢摸小 B，可它如此自来熟，实在叫人没法视而不见。

秀太用指尖碰了碰小 B 的额头。滑溜溜的，手感很奇特，和想象中那种柔软的细毛刷的感觉不一样。忽然，猫猫抬起头来。秀太心头一颤，立刻把手缩了回来。可是，小 B 不为所动，小脑袋反而得寸进尺，又蹭了过来，似乎渴望得到更多的爱抚。小 B 尽情摆动着它的小脑袋，享受着毛发穿过指间的畅快。

“哇，你这小家伙，摸起来好软啊！”

不过，猫猫可不像毛绒玩具那样软趴趴的。这种柔软而又实实在在的触感，打个比方的话，就像是在摸软乎乎而又有弹性的……网球？

秀太的指缝间虽然只溢出了一层短短的毛，不过，这毛下却暗藏玄机。原来，贴近皮肤的里层，还长着更加柔软的白色绒毛。他是凑近了才发现的。前一天，乍一看是纯灰色的毛，其实还间杂着几分棕褐色的毛，在灰色的背景上勾勒出细软的波纹，真是漂亮极了！

猫猫还在一个劲儿地蹭过来。那么柔软，那么黏人。

终于，秀太还是败给了这只“千娇百媚”的小 B。他暂且放下了自己的事情，给它备好了水和猫粮。养一只小动物，或许生活的步调也会被打乱。

“尽管如此，也没什么不好吧。”

秀太蹲下来，目不转睛地看着小 B 享用早餐的样子。多亏昨晚充足的睡眠，他才久违地体验到了松弛感。当然，他对上班的抗拒，还是一如既往的顽固。

"只要熬过今天……"

这是秀太每天早晨激励自己的话语。

"只要熬过今天……明天就会好起来……无论如何都不能辞职。"

小 B 接着又去喝水，秀太抚摸着它的头，它舒服地眯起了眼。不知怎的，秀太感觉，只要越过今天这道坎，前方一定是一片坦途。

遗憾的是，那只是一厢情愿的错觉罢了。

"这周我们部门的第一名又是间宫！恭喜他连续三周蝉联销售倒数第一！来，大家鼓掌！"

江本沙哑的声音在整层楼里回荡，听得秀太胃部不适，感觉里面搅成了一团。

房间里响起稀稀拉拉的掌声。这是每周晨会的必备环节——一场充满仪式感的杀鸡儆猴节目。

把间宫"当众处刑"的人，是营业课课长[①]江本。此时，他正站在背对窗户的工位前"慷慨陈词"。

"拖大家后腿的就是这位——间宫！就因为你，我们部门永远完不成业绩指标，其他人不管怎么努力都是白搭！怎么样啊？间

① 课长是日本企业的职位之一。常见的日本企业职位等级由低到高依次是社员、主任、系长、代理课长、课长、次长、部长、理事、常务、专务、副社长、社长。——编者注

宫，感觉不错吧？什么都不用干，就能白拿薪水！”

江本是大阪人，再加上京都和大阪都算关西地区，所以他在公开场合也会肆无忌惮地操一口关西口音讲话。间宫一直深深低着头，一声不吭。在场的其他员工，也都不敢直视他。如果是自己置身于间宫的处境，哪怕只有一次，也足以让人精神崩溃。就算只是旁观者，那场面都足以令人颤抖。

“喂！香川！”

突然被江本点到，秀太心头一紧。

“我……我在。”

“你也好不到哪儿去！你们俩竟然还有脸来公司！要是我的话，早就收拾铺盖，自己滚蛋了！”

极具穿透力的嗓音，使秀太的胃又拧作一团。他知道，在这种时候，比起低头不语，赔笑才是更能自保的选择。

“啊哈哈……”

“哈什么哈？！别跟个傻子一样。像你这种经不起风浪的小白脸，是干不了我们这行的。有能力的销售天天跑外勤，早就晒黑了。你看看我的胳膊！这才是真男人该有的肤色！”

说着，江本展示起自己棕色的手臂。小臂和手的肤色“泾渭分明”，在他的手腕处画出了一条清晰的分界线。说实话，这看起来更像打高尔夫球时晒出的痕迹。但秀太当然不能这么说。

“哈哈哈……”

秀太继续控制面部肌肉扯起嘴角，强撑着媚笑。见他这副贱兮兮的样子，江本咂咂嘴，又把“枪口”转向了其他人。

“喂！你该不会是想申请加班吧？就你这种业绩，还好意思来坑公司的加班费？你们这帮蠢货，到底懂不懂什么叫奉献精神啊！”

除了业绩优异的员工，其他人无一例外，都难逃一顿痛骂。江本还经常把文件甩到员工脸上，或是用笔尖戳他们的头。这些职场霸凌，对于营业课的员工们来说，早已是家常便饭。最难挨的，还属晨会上的那一通羞辱。有几次，秀太也曾被当众辱骂，羞耻和悲哀使他的身体止不住地颤抖。会后，所有人在一段时间内都不会和儆猴用的“祭品”说话。因为没人知道，该对这只“濒死的鸡”说些什么。

部门的每个人都抱着“必死的决心”，说不定下一次就要轮到自己“示众”。职场霸凌的情况哪个部门都存在，只不过江本是出了名的“刽子手”。

在营业课，完不成业绩的员工没脸做人。受不了的话，随时可以走人。

想要在这里待下去，就必须提高业绩。

秀太结束了一天的外勤，这一天，他还是没能拉到大客户。有一个老人咨询了半天，但最后还是没往账户里存钱。在他们这一行，仅凭上门推销就能让客户高高兴兴地掏钱购买金融产品的情况少之又少。像秀太这样的新人，更是经常吃闭门羹。

进入公司后他才明白，他的工作实际上就是从客户那里赚取手续费。赶上运气好，推荐的理财产品升值，也会得到客户的感谢。但工作的终极目标并不是帮客户赚钱，而是想方设法让客户不断投钱。

秀太所在的证券公司位于乌丸通和四条通的十字路口处。这里楼宇林立，即便在整个京都，也算得上是繁华的商圈。周边还有银行和商场，来往的行人络绎不绝。秀太刚来京都时，到这个黄金地段上班，也曾感到过心潮澎湃。

然而，现在，沉重的步伐使他在川流不息的人群中分外显眼。

如果回到自己的工位，江本肯定会立刻叫他去汇报成果，到时又免不了一顿臭骂。秀太一边犹豫该去哪里，一边缓慢地挪动着脚步。这时，突然有人从背后拍了一下他的肩膀。原来是秀太的同事木岛。他和秀太一样，脸上写满了疲惫。

“嘿，香川。这么巧啊，正好我有话想和你说。”

木岛也是营业课的销售，他与秀太年龄相仿，而且都属于那种中规中矩的类型。以前，他们的业绩排名都是倒数，由于同为“拖后腿组”成员，这对难兄难弟经常凑到一起吐苦水。不过，最近木岛拉到一个大客户，因此退出了倒数之争。

两人走进了公司附近的咖啡馆。有了不回公司的正当理由，秀太松了一口气。工作时间他不管干什么，都提不起精神。

“今早，间宫真是太惨了。”

木岛小声嘟囔着。

“嗯，最近他好像被课长盯上了。我在旁边看着，都会感觉自己也在被精神摧残。”

秀太嘴上这样说，心里却暗自庆幸自己没有成为江本直接攻击的靶子。还好有间宫，如果他不在了，下次要当众出丑的人，一定就是自己了。

“木岛，最近业绩不错嘛，真有你的。利率那么低的产品你都能成功推销给客户，怎么做到的？教教我呗。”

秀太话里有话。其实，他压根不想学什么销售技巧，因为这些东西他早在公司的培训会上听过无数遍，在角色扮演的演练中练过无数遍了。然而，顶尖的销售，靠的其实是天赋。

但是，黑心企业意识不到这一点，只会把业绩指标强加给员工。

木岛在不久之前也这样抱怨过。

但今天和往常不同。他突然笑了笑，说道：“我要辞职咯。”

“嗯？”

“这个给你。”

木岛从公文包里掏出一个装着文件的信封。

“这是什么？”秀太问道。

“这是江本课长要给客户的文件。里面有收支报告、入账明细，还有发票之类的。每个客户的资料，都分类整理在一起了，你按照上面的地址，去找他们试试看吧。”

“不不不，这怎么行？这种事……”

看着手里的文件，秀太的表情逐渐扭曲。

“怎么能把账目直接交给客户呢？这可是公司严令禁止的！还有这个……”

秀太嘴角抽搐，拿起其中一份，说道：“这张发票，可不是我们能随便拿给客户看的！而且要开发票的话，必须要经过财务课审批吧？为了……为了防止挪、挪用公款……”

他吞吞吐吐地说完最后几个字，从头到脚已经出了一身冷汗。

木岛撇嘴笑了笑，接着说道：“我也不清楚，但江本课长说了，他在财务课那边有熟人，所以想办法开了发票。他还说，这不是我们这种小角色该操心的事情，叫我别管那么多。”

“这……这样吗？”

“应该吧。”

木岛的表情依旧平静，洋溢着笑容。

秀太从没听说过还能这么干。不过，这个世界上有太多他这种小角色不知道的事情。是的，而且他不知道的事要远远多于他知道的事。秀太被迫接受了这个事实。

“这样啊……既然江本课长都这么说了，那肯定没问题。”

“名单上的客户都是长期合作的优质客户，多和他们走动走动，说不定就有新订单了，这可是个美差哟。”

“既然如此，你干吗把这么好的差事让给我？而且话说回来，你到底为什么要辞职啊？明明业绩那么好。”

“我呢，在之前的晨会上，不是总被罚站嘛？江本课长还骂我是公司历史上业绩最烂的白痴。”

木岛不好意思地笑了笑。秀太不知该作何回应。但他本人都这样说了，秀太也只能附和着点点头。

“嗯……”

“就在我觉得自己快要撑不下去的时候，江本课长居然提出要把他的业绩分给我。那家伙竟然会说出这种话？我在震惊之余，只想着快点从晨会逃走。如果只是把资料送到客户手上，倒也不算什么难事。不过，其实大部分客户都上了年纪，交接资料的时候，最好还能陪他们聊聊天。今天上午我就去拜访了江本课长的一位客户。那位老奶奶已经算得上是老客户了，她还说，看到我来她很开心呢。”

“原来客户还会这么想。”

“我老家是四国的。这位老奶奶竟然一直记得，还特意给我准备了四国的点心。吃点心的时候，她还说，我能在这种大公司工作，父母一定特别骄傲。”

这番话，针一般深深刺入了秀太的心底。

木岛对着沉默的秀太又笑了笑，继续说：“当时我还想，我可算不上让父母骄傲的孩子。我业绩很差，也不敢忤逆上司，简直是个废物，每天只能像个机器一样为公司卖命。啊！不过现在我已经决定辞职了，我不会再回去了。因为就算回去，也不过是无限的死循环。”

木岛站了起来，他那双眼睛原本长时间覆盖着厚厚的阴霾，此刻却一下子放晴了。

“这些文件，按惯例就该交给间宫了。他业绩也差得要命，肯定不会拒绝这种好事的。”

“不是，等等！可我……”

“香川，你是个不错的人，你和我们两个不一样。即使陷入困境，你也一定会用尽全力的。我相信你肯定能勇敢地坚持下去。”

没等秀太回过神，木岛已经离开了咖啡店，只留下了客户的文件。

秀太不知怎么做才好，但也不能就这样丢下文件不管。他把信封封好，放进公文包里，一头雾水地回到了公司。

像往常一样，秀太被江本叫了过去。但在领导面前，他显得有些魂不守舍。江本火气上来了，他咂了咂嘴，说道：“啧，你小子好歹装一下吧？能不能拿出点精气神来！喂，木岛呢？如今的销售员可真是，连公司都不按时回了吗？”

早就过了下班时间，但很多人还在无偿加班，这仿佛已经成了默认的规定。

秀太的心一直无法平静。

过了好几个小时，木岛还是没有回来。

“喂！谁给木岛打个电话。去见个客户而已，用得着这么久吗？”江本怒吼道。

周围的人面面相觑。一个员工给木岛打了好几次电话，但都没有人接。坐立难安的江本只好亲自打去电话，但结果还是一样。

看到江本发狂的样子，秀太一阵心惊胆战。

木岛是认真的吗？真的不回来了？

秀太把放在脚边的公文包轻轻往桌子下面推了推，木岛硬塞给自己的文件就在里面。

木岛的工作手机号码打不通，江本就打了他的私人电话号码。即便如此，还是联系不上他。所有人快速交会了一下眼神。只是一个销售员没回公司，按理说不至于让江本发这么大脾气。

下班后，秀太低调地离开了公司。平时他都会坐地铁回到自己的公寓，但今天为了给自己一些理清思绪的时间，他决定走回去。

最好的办法是把文件还给木岛。

如果不行的话，明天早上提前去公司，偷偷把文件放进江本的桌子里。

下下策则是接替木岛的工作，按照清单去跑客户。

“不管怎样都很头疼啊！怎么偏偏叫我摊上这种事……”

秀太眉头紧锁，刚打开公寓的门，就看到了守在那里的小 B。

“喵——”小猫发出一声轻唤。

“糟了！不好意思呀，把你给忘了。”

秀太说着，在门口蹲下来，伸出双手去摸小 B。小 B“咻”地将小脑袋贴到了秀太的手心，乖巧地来回蹭着。

“真是对不起，本来想早点回来陪你的。”

水盘已经空了。秀太懊悔地咬了咬嘴唇，心想，猫猫肯定渴坏了。

他连西服都来不及脱掉，赶忙给盘子里加了水和猫粮。

秀太目不转睛地盯着大快朵颐的小 B，出神了好一会儿。

“我连一只猫猫都照顾不好……猫猫却一句怨言都没有，一直等着我回来，它比我强太多了。”

房间完好无损，小 B 没有搞破坏。想到它乖乖等待自己回家的样子，秀太的眼眶不知不觉间湿润了起来。

房间里响起了一阵微弱的电话铃声。秀太摸了摸上衣口袋，却没摸到手机。“啊！”秀太突然想起，自己下班时把桌上的东西一股脑地全部塞进了公文包，逃命似的离开了公司。于是，他在包里翻找了起来。

终于找到了手机，是母亲打来的。

“喂？”电话那头传来母亲的声音，让秀太心头一紧。

“没有，我在家呢，刚回来……嗯，没，吃过了……挺好的。”

母亲偶尔打来电话，每次问的都一样，总是那些日常的琐事。

这一次，秀太也依旧重复着相同的回答。

“真是的！我已经解释过很多遍了，不是临时录用，是正式工作。时代早就变了！企业想要的不是应届生，是有工作经验的人！”

母亲总爱操心秀太的工作顺不顺利。大学毕业后，秀太入职了当地一家小有名气的食品加工企业，却被分配到了一个偏僻的工厂。在工厂里，他遭到了老员工的霸凌，不到半年就辞职了。这是他人生中遭遇到的第一个巨大打击，那时候的茫然与绝望，直到现在仍然记忆犹新。

那时父母的样子，尤其是父亲那张写满失望的脸，也像是一根针，久久地扎在秀太的心上。父亲辛辛苦苦供儿子上完大学，却眼睁睁看着毕业不久的儿子失业。虽然父亲没有说出口，但他终究是对自己失望了吧，秀太心想。

因此，当秀太收到现在这家名气更大的公司的入职通知时，他的心里充满了幸福感。这下子，自己总算能在亲戚朋友面前重新扬眉吐气了。

“没事的，您别担心了。这家公司和之前那家不一样，这可是一家大企业，和那些小公司完全不在一个档次，那排面……”

秀太干笑了一声，他试图控制住自己的情绪。一阵苦涩感袭来，逐渐击碎了他的倔强。

“还有，我可是备受公司领导器重呢。就说今天的晨会吧，上司还夸了我呢，说我差一点儿就成销售冠军了。嗯？哎呀，我也没那么厉害。虽说就差一点点，其实其他人也都差不多啦，大家都在拼尽全力呢……”

大家都在拼尽全力……

秀太抬起脸，竭力克制着自己颤抖的声音。大家……都在拼尽全力。所以……自己没有理由不拼尽全力……

他挂了电话。小 B 已经饱餐了一顿，正在一旁用小爪子擦着嘴。擦完后，又开始用舌头“吸溜吸溜”地舔起了小爪子。

刚吃过猫粮，又用舌头舔爪子，这能舔干净吗？

秀太扑哧一笑。小 B 一本正经地舔完爪子，又开始用那只爪子擦自己的脸。这位优雅的淑女认真又仔细，为打理自己的形象花了许多时间，擦眼睛的动作也像极了人类。它梳理好了头顶和耳旁的毛发，便心满意足地准备睡觉了。

“猫猫这么悠闲自在，真让人羡慕啊！”

秀太伸手摸了摸猫咪的小脑袋。享受抚摸的时候，它可温顺老实了。可当秀太把手抽回来，它马上又开始舔爪子、擦脸蛋。似乎因为秀太弄乱了它的发型，在闹小脾气呢。小爪子的力度，看上去都比刚才重了不少。

“什么啊，你这个小家伙可真没礼貌。嘿嘿，要不给你揉得更乱些吧，叔叔来了哟！”

秀太伸出了捣乱的手，小 B 却灵巧地躲开了。小家伙退了几步，又开始打理自己的毛发。

“抱歉，抱歉。我不捣乱了，快回来吧。”

小B却不搭理秀太。看那高傲的姿态，仿佛在说“本公主的撒娇时间结束了”。秀太不禁笑出了声。他好久没有像这样发自内心地笑出来过了。

这一刻，木岛强塞给他的麻烦事，还有在公司受到的精神折磨，一切都烟消云散了。他感到十分轻松，似乎真的感受到了猫猫处方那神奇的疗效。

忽然，他像是真的看到了希望。他心里想着，只要熬过今天，明天一定会好起来的!

蒙眬中传来一阵闹铃声。

啊，对了！秀太想起今天的计划，微微睁开了眼睛。

今天要早点儿去公司，所以他给闹钟设的时间也比平时早。

闹铃声有些尖锐，不过，铃声中似乎还夹杂着一些奇怪的声音——“沙沙沙沙……嘶啦嘶啦……”

“一大早就幻听了吗？”秀太无奈地自嘲。可又出现一阵“嘶啦嘶啦”的声响，他立刻从床上弹了起来。

房间里在飘着“雪花”……不，那是——纸片？

这是哪里？这还是我的房间吗？！

秀太一脸茫然，“嘶啦嘶啦”的声音再次响起。他望向房间的角落，只见小B正在熟练地用前爪压着一叠纸，嘴巴卖力地扯着另一端——它在撕纸！

“小B？小B……那是什么？你在干什么？！”

秀太的质问显然是徒劳的，小B没有回答他。不过，它将脸转了过来，嘴里还咬着撕碎的纸片。上边赫然写着——“收支核算报告”。

这仿佛晴天霹雳。那些纸，正是他今天准备偷偷塞回上司办公桌的文件。小B的爪子优雅地搭在了那一叠纸上，似乎在炫耀着自己的身姿。

“我的天……为什么我会这么倒霉！”

前一晚，秀太并没有拿出信封，也没有拿出里边的文件。可现在，装着信封的公文包却是打开着的，应该是自己取出手机后忘记合上了。所以，小B才顺利地将头探进包里，嘴巴一叼，脑袋一甩，轻而易举地扯出了信封。

“喵——”小B用柔软的身体蹭着秀太的小腿。软乎乎的触感，透过轻薄的睡裤传来。屋里一片狼藉，甚至无从下脚，可小B却能轻盈地穿梭其间，不发出一点儿声响。

秀太来到公司，每个动作都小心翼翼，努力不让别人注意到自己。他在财务课只认识一个人，就是之前公司聚会的时候，坐在他身旁的坂下结衣菜。秀太偷偷摸摸地来到财务课，心里不断祈祷着她现在就在公司。

时间尚早，公司里只有几位员工零零散散地坐着。秀太瞥见结衣菜的身影时，不觉松了一口气。

为了不引起别人注意，秀太压低声音喊了她的名字，所幸对方还记得自己。

“是……营业课的香川先生？请问有什么事吗？”

“坂下小姐，我有件事想麻烦你，请一定要帮帮我！”

秀太拿出了那些被撕得惨不忍睹的文件，结衣菜惊讶地睁大了眼睛。

“这是什么？给客户的单据？”

“财务课特批的，本来要交给江本课长的客户，这是客户名单。”

也只有名单逃过了小 B 的魔爪。结衣菜看到上面的客户姓名和地址，皱起了眉头。

“这么多客户……您的意思是，销售员要把这些文件直接交到客户手上？公司不允许这样做呀。还有，这些文件怎么被撕成这样了？”

为了打消结衣菜的疑虑，秀太一五一十地交代了事情的经过，唯独隐瞒了木岛的事。他双手合十，深深低下头恳求结衣菜帮个忙。

“拜托了！请别告诉江本课长，帮我再打印一份吧！”

“啊？那可不行！客户信息类的文件，必须要经过审批才能打印。您这样只是口头拜托肯定行不通，况且我也不能擅自把文件交给销售员呀。”

“可我听说，江本课长也是靠关系才打印了这些文件。名单上的客户，都是公司长期合作的大客户，所以应该有办法操作吧……”

“这……应该不行吧。”

结衣菜表情凝重，眼神中充满了疑惑。

“要是被江本课长发现，他会杀了我的！他真的比魔鬼还可怕！拜托你了，别告诉他，帮我打印一下吧！求你了！”

在秀太的再三恳求下，结衣菜不情愿地点了点头。

“我先确认下打印记录，说不定真有我不了解的公司规定。”

“是啊是啊！”秀太松了口气，接着小声地说：“毕竟，咱们公司可是一家黑心企业，连加班费都不给。”

“是个公司就免不了出现压榨员工的情况。”

结衣菜吐完槽笑了笑，回到了自己的工位。

虽然麻烦还没有完全解决，但至少看到希望了。秀太对结衣菜也生出了一些好感。她看起来很可靠，一定能帮到自己。就算最后不能顺利解决，也一定要好好向她道谢。

接下来的整个上午，秀太都按照之前的计划出去拜访客户。等他回到营业课时，已经是下午了。江本坐在办公桌前，阴沉着脸，沉默不语。在静寂中，每个人都惴惴不安，没有一个人敢靠近他，秀太也装作什么都没有看到。

到了傍晚，秀太正打算去财务课问问结衣菜的进展，却有人突然从身后拽住了他的白衬衫。紧接着，他被猛地拉进了消防通道的楼梯。秀太看清对方的脸时，他不禁倒吸了一口凉气。

“课……课长？”

“你这白痴，想干什么！”

江本脸色发青，嘴里不断蹦出唾沫星子。和以前的恐吓不同，这一次，他的戾气更甚，令人毛骨悚然。

“你让财务重新打印文件？你脑子进水了吗？！”

江本的手里攥着皱巴巴的几张纸。

完了！一切都露馅了。秀太的大脑一片空白，下一秒就快要瘫倒在地上。

“对……对不起！我不小心撕掉了客户的重要文件……”

“我想听的不是这个！这些文件怎么会在你手上？！木岛呢！”

“他……”

秀太的耳边回荡着江本的怒吼，仿佛连鼓膜都要被震穿了。他没想到江本会发这么大的火。秀太不知道该如何解释这一切，只能任由恐惧占据脑海。

“木岛他……他把文件交给我之后……就辞职了。他说他不打算回来了……”

听罢，江本也愣住了。他低下头，飘忽不定的眼神在脚边巡视了一会儿，似乎在急切地寻找着什么。紧接着，他猛地抬起头来。

“你滚吧。”

“啊？”

“现在立刻马上，给我滚！听到没有？像你们这样的废物，净给公司添乱。本来公司就可以毫不留情地开除你们。我就这么和你说吧，你弄丢了公司的重要文件，追究起来是要直接开除的。倒不如你自己主动辞职，就说是因为个人原因，体面吧？”

江本步步紧逼。他的脸上挂着笑容，但掩盖不住因愤怒而充血的双眼。

秀太陷入了混乱。

“课长，我……我没有弄丢文件，其实是我家猫惹的祸。”

“别找借口了！”

江本的吼叫刺穿了楼梯间的墙壁。他一把抓住秀太的衣领，用力提了起来。

“开除！我要开除你！你这个伪造文件的白痴，老子要开除你！”

“课……课长……”

“证据都齐了！你串通财务课的人伪造文件，和木岛勾结起来欺骗客户，证据都在这儿！”

这个人在说些什么？

江本前言不搭后语。秀太没能反应过来，但“开除”这个字眼强烈地刺痛了他。

“别以为我在跟你开玩笑！我绝对要开除你。你们这些废物只会损害公司的利益，你们滚蛋了，所有人就都省心了！你给我辞职！滚！给我滚！”

啪的一声，似乎有一根弦断掉了。秀太扭头就跑。怒吼也好，谩骂也罢，所有声音都再也传不进他的耳朵里了。

他的脑海中只剩下一个念头：逃出去！

轻轻地，桌子上的宠物箱里传来一声“喵”。

秀太顿觉如芒在背。

在江本的恫吓下，他飞一般逃离了公司。回到公寓后就把小 B 塞进箱子里带了过来。对小 B 来说，这也算是一场无妄之灾吧。

但自己又何尝不是如此呢？先是不明所以，再仓皇而逃。秀太不想去思考，只想躲在角落里，保护自己破碎的心。

“嗯——”，医生抱起胳膊，“原来是这么回事。”

“这一切太让我措手不及了，我就这样被炒了鱿鱼，挨了一顿痛骂。确实，我也有责任，不该随便放重要的文件。但因为这点事，就劈头盖脸地骂我……”

秀太解释着事情的来龙去脉，又恢复了几分冷静。他也意识到，自己来这里，多少有点儿无理取闹了。

“嗯——”，医生似懂非懂，“我不太懂人情世故，但领导不能这么草率地开除员工吧？对了，千岁护士，把猫猫带走。”

于是，护士面无表情地拎起箱子，走到了帘子后面。看到小 B

也随之消失在视野中，秀太的心里泛起了阵阵失落感，但他立刻将这种感觉藏了起来。

“一般来说，是不会这么草率的。可是我在的这家公司，就算是对出了心理问题的员工，也会直接辞退，根本不会让你休长假的。况且，按照江本课长的做派，他真有可能会给我处分，再把我开掉。真要是这样，我就没法顺利找到新的工作了。”

“情况我大致了解了。没事没事，你别太放在心上。好，预约的病人就要到了，今天我们就聊到这儿吧。”

医生微笑着做出送客的手势，秀太原本已经平静了下来，立马再次迸发出怒火。

“你有听我说话吗？！我可是丢了工作啊！还不都是因为你们塞给我的猫撕坏了文件吗？怎么能摆出一副事不关己的样子呢？你们就没有责任吗？！”

“说起责任嘛……这可就难办了。”医生还是摆出不冷不热的态度。“哦……也就是说，您想再回那家黑心企业工作？”

“啊？”

秀太一时语塞。

这真的是自己期望的结果吗？即便回去工作，一切还会回归正轨吗？恐怕正如木岛所说，回去也只会再度陷入令人窒息的死循环。

可我不能对父母说出实情。昨天还夸口说不用为自己操心，现在突然丢了饭碗，该怎么和他们交代呢?

秀太沉默了，他有些伤感，视线凝固在紧握的双拳上。

“我不想回那里了……能不能先帮我找个打零工的地方?在哪儿都行。”

“明白了。那请您继续‘服用’猫猫处方。”

医生回头朝帘子里喊道:“千岁护士，把猫猫带来。”

眨眼间，护士带着宠物箱再度现身，她显得一脸不快。

“米奥医生，交给这个人真的没问题吗?”

“好啦好啦，完全没问题的，你就是爱操心。”

“我就是不确定才问你的。”

护士冷冷地回答完，放下箱子便转身离开了。看来，这家诊所的护士不但和医生平起平坐，甚至还能压医生一头。

也许是察觉到了秀太眼神中的不可思议，医生朝他苦笑了一声。

“哈哈，我这个人不太靠谱，所以总是受护士的气啦。别看她冷冰冰的，也有很温柔的一面哟。她这种类型的人就是大家常说的‘傲娇’嘛。”

“啊?”

这个医生也真是奇怪，一会儿冷漠疏离，一会儿又善解人意，叫人摸不着头脑。但他看上去倒是个稳重温柔的年轻人。他是单身吗?还是在和那位护士小姐交往呢?

秀太一边不着边际地胡乱想着，一边将视线移向了桌子上的箱子，然后不可置信地眨了眨眼。

“这是同一只猫吗？”

没错，灰色毛发，金色眼睛，就是小 B。

它正抬起小脑袋看向秀太。

“那当然，毕竟你没有出现副作用。请你继续‘服用’这只猫猫，观察一段时间病情。这样吧，这次就开十天的量，要是感到有什么不适，请立刻联系我。”

“请问……”

“什么？”

“我想确认一下，这还是同一只猫吗？”

秀太恍恍惚惚地问道。医生一脸惊讶地往箱子里一瞥。

“您是想要药效更强的猫猫处方吗？”

“不不、不是，这只就已经够了。”

秀太刚一点头，医生就笑着把箱子塞进了他的怀里。

“请多保重。对了，还请带上这张处方去前台。”

秀太又被“请出”了诊室。护士正不耐烦地站在前台。

“这些是必需品。请认真阅读里面的说明书。”

纸袋里装着猫粮和猫砂，还有新增的瓦楞纸板。是给小 B 用的猫抓板吗？秀太试图用眼神询问护士，回应他的，依旧是护士冷冰冰的话语：“要是猫咪把它抓坏了或者对它不感兴趣了，请重新购买其他替代用品。”

除此之外，还有一个橙色的项圈，大小刚好能套在自己的手腕上。还有一根牵引绳，是遛猫的时候用的吗？这两件东西都是崭新的。

“请问这是？”

“里面有说明书，请自行阅读。”

“这是……”

“请阅读说明书。”

“好的……”

秀太只好一手拎着箱子，一手抱着纸袋，离开了诊所。

秀太很好奇，这次说明书上会写些什么呢？他迫不及待地抽出来看了一眼——B，雌性，约八岁，混血。早晚各喂一次猫粮，适量即可。饮用水常备。及时打扫粪便。外出时请务必给猫猫戴上项圈，并使用牵引绳。请定期让猫猫磨爪子以缓解压力。猫猫可能会出现情绪失控的情况，请避免让它长时间独处。谨记。

秀太揣摩着“外出时”这几个字的含义，扑哧一声笑了出来。像遛狗一样，给猫猫拴上绳子带出去吗？可是他觉得光是给猫套上项圈，它就已经够可怜了，自己实在不忍心这样做。

走出大楼，秀太在巷子里仰头一望，天色已暗。

“小 B……”

秀太唤了一声猫猫的名字。小 B 也看向了秀太。不知不觉中，秀太已经习惯了这沉甸甸的手感。

离开诊所以后，秀太犹如灵魂脱壳。回过神来的时候，他已经走上了与公寓方向相反的路。

眼前是锦市场，一条位于锦小路街的商店街，整条街都覆盖着顶棚。秀太正想迈步穿过商店街，但或许是受到了人流和餐饮店气味的刺激，箱子里的猫咪发出了抗议的叫声。

于是，秀太放弃了这条路，转身朝北走去。沿着六角街刚走出不远，前方便传来一声巨响，手中的箱子又剧烈晃动起来。是六角堂的钟声。猫受到惊吓，惊慌地叫了起来。没办法，秀太只好再次更改路线，向东走去。

这样一来，他已经彻底搞不清自己的位置了，只好信步而行。反正这片区域的街道像棋盘一样规整，只要走直线，总会走到大路上去。

秀太无精打采地走着。他突然发现，就算记住了这些奇怪的路名，也照样迷路。他想起了公司所在的乌丸路，起初他还把“乌”当成了“鸟”。无所谓，管他乌丸路还是鸟丸路，现在都和自己扯不上关系了。

前面有一家便利店。秀太平时不怎么来这边，自然也没去过这家店。反正回到公寓也没有东西吃，趁现在小 B 老老实实地在箱子里待着，秀太决定进去看看。他在便当货架前伫立良久，也没挑出什么想吃的东西。

他没有食欲。他想到自己没有了工作，这样下去积蓄迟早也会花光。

不仅如此，他连女朋友也没有。突然，他想起了坂下结衣菜。秀太并没有责怪她的意思，只是想问问她为什么要把文件交给江本。要不等自己冷静下来，请她出来吃个饭吧。

现在居然还有心情想这种事。秀太被自己的愚蠢气笑了。这时，他身边的一个年轻男人看向了他。

“喂！你小子笑什么呢！”

男人头上围着白色的毛巾，身穿一身建筑工地的工作服，看起来凶神恶煞。这种人，得赶快离远点儿。

秀太慌忙转过身，拎着箱子朝门口走去。

就在这时，宠物箱的门突然打开，猫从里面蹿了出来。

猫轻盈地着陆，没发出半点声响。一眨眼，它就跑到便利店的自动门前，趁着客人进出的工夫溜了出去。

“小B！”

秀太赶紧追了上去。但猫早已消失得无影无踪。附近的停车场里停着好几辆车。秀太匍匐在水泥地上，一辆一辆仔细看车底有没有小B的踪影。

“搞什么啊，小B！你到底跑哪去了？！”

“喵呜。”头顶传来一声微弱的叫声。秀太抬头一看，小B正坐在一台黑色车子的引擎盖上。他松了一口气。

“太好了，小 B，快过来！”说着，秀太伸出手去抓猫。“刺啦刺啦——”突然，小 B 挥舞两爪，开始狂抓黑车的引擎盖。

秀太倒吸一口凉气，整张脸瞬间没了血色。

更令他感到惊恐的是，背后传来了一声哀号。

“啊啊啊——”

是刚才那个穿着工作服的男人。此刻，他气得脸色铁青。

“这是我大哥的新车啊！”

工装男跑到车前。小 B 慌忙从引擎盖跳上车顶，再次伸出“罪恶的魔爪”，“刺啦刺啦——”又抓了起来。

“死……死定了！”

工装男哀号着，用自己的袖子不停擦拭着遍布抓痕的引擎盖。秀太愣在原地，不知所措。猫“收工”后，回到了他的脚边，秀太下意识地将它抱了起来。

“小 B……”

“这猫是你小子的？”

恶狠狠的声音让秀太不寒而栗。不知何时，秀太的身边又多了一个男人。男人神情严肃，衣着考究，从他的领口处可以看到一条手指粗的大金链子。

工装男连忙一路小跑，向男人深深鞠了一个躬，带着哭腔说道：“大……大哥……我错了！都是这只蠢猫！”

“你这蠢货！”

突如其来的怒吼让工装男和秀太四肢僵直，屏住呼吸。周围路过的行人也纷纷驻足观望。

“一只猫而已，骂它有什么用！”

“我……我错了！”

工装男更用力地又猛鞠一躬。充满威慑力的金链男盯着引擎盖，咂了咂嘴。

“喂，小兄弟。”

“您……您好……大哥……”石化的秀太僵硬地回答道。

“我这个人呢，不喜欢说废话。出现这种情况，纯属主人管理不当。换句话说，错不在猫，在你。你觉得我说得对不对呢？”

“是……是，您说得对。”

“既然如此，咱们就好好谈谈吧。康介，把这位小兄弟带回事务所。”

“是，大哥！”工装男抬起头，用充满怨气的眼神死死盯着秀太。

事务所……该不会是黑社会的地盘吧？

秀太的大脑中甚至已经开始浮现出自己身首异处的场景。我还能再倒霉一点儿吗？工作没了，现在眼看命也保不住了。

怀里的小 B 很重，抱起来热乎乎的。它看起来倒是镇定得很，一副云淡风轻的样子。

“外出时请务必给猫猫戴上项圈，并使用牵引绳。请定期让猫猫磨爪子以缓解压力。”怪不得说明书上这样写。

看着伤痕累累的黑色车身，秀太这才明白了项圈、牵引绳还有猫抓板存在的意义。

事务所的墙上供奉着一个小神龛。

除此之外，便没什么特殊的陈设了。

按秀太的预想，这里本该挂着武士刀或刻着家纹。没想到，两个男人只是将他带到了一家看上去普普通通的建筑公司。

停车场上停着几辆小型铲车和载货车。身穿肥大工装裤的男人们进进出出，忙得热火朝天。

秀太把宠物箱放在腿上，坐在事务所角落的接待区静静等待“审判”。来这里的路上，康介一边开着黑色轿车，一边喷着口水介绍自家公司。他是个话相当多的男人。

不仅如此，他还和秀太讲述了社长经过多少曲折才恳求夫人批准买车，以及社长每天又是多么激动地伸长脖子盼望着看到新车。而当事人——社长阵内，则坐在后排一言不发，面色看起来十分沉重。

“什么？这才买了几天？车就被划了？！”

尖锐的斥责声，响彻整个事务所。

“康介！你是干什么吃的？！”

大发雷霆的是一个戴着眼镜的中年女人，看起来有些神经质。康介站在她面前，像是一个霜打的茄子，深深垂着头。

“对不起，五月姐。这臭猫不知道抽什么风……”

“这能怪猫吗？开车出去的人是你！还有，别再叫我姐了！听着跟黑社会大嫂一样！”

“对不起，五月姐……”

康介话音未落，事务所里的员工们发出一阵阵窃笑。看来这个叫五月的女人应该是公司里有分量的人物。

房间里传来低沉的笑声。阵内社长坐在皮面沙发上，身子向后仰着。

“哪儿有这么小气的黑道大嫂啊。”

“你瞎说什么！”五月瞪了他一眼，接着怒喝道：“去便利店用得着所有人都去吗？车上至少要留一个人吧。真是的，刚买了新车就开始嘚瑟！”

五月一边嘟囔，一边坐到了秀太面前。

“你好，我是这里的财务，阵内。”

“您……您好，我是香川。实在抱歉，给您添麻烦了……”

秀太鞠躬道歉。这个女人也姓阵内，不会是社长的妻子吧。秀太偷偷向上瞄了一眼，正好对上她冰冷的视线。

“你多大了？看着挺年轻的，应该是学生吧？住在哪儿？有保险吗？我们会估算一下修理费，然后和保险公司商量要不要走车险。你也按这个流程来吧。虽然不是什么大钱，但毕竟是新车嘛。”

“那个……”

对方一连串的提问让秀太有些语无伦次。突然，五月满是疑惑地皱起眉头。

“你是不是已经工作了？做什么的？穿着西服，还随身拎着一个装猫的箱子，你到底是干什么的？”

“我……我没有工作。”

“没有工作？”

“昨天我还在一家大公司上班，没想到今天就被开……那个……辞职了。”

“也就是无业咯？”

这几个字过于直白，猛地刺痛了秀太的心。“是的……”他将头垂得更深了。

突然，地上一道人影闪过。秀太抬起头，发现社长正站在他的面前，俯视着他。

“我这个人呢，认为有两件事是不可原谅的。”

“啊？”

“第一，身强力壮的年轻人不工作，每天游手好闲。看到这种人我就气不打一处来。”

“不不，我真的不是游手好闲。到今天上午为止，我一直在一家正经公司上班。”

“第二！”阵内突然怒喝道，“就是虐待小猫咪！”

“虐待小猫咪？”

秀太惊恐万分。就在这时，箱子里传来一阵响动。小猫咪？难道他指的是小 B 吗？

虐待小猫咪的人，该不会是在说我吧？

“居然有人忍心虐待这么个小可爱！我绝对不能容忍。这些王八蛋，我非要宰了他们，让他们知道该怎么做人！”

看着暴跳如雷的阵内，五月不耐烦地撇了撇嘴。

“你那么大声干吗！一说到猫就这样……你叫香川对吧？别理他。他平时看太多猫咪视频了，一直想自己养一只。”

阵内忿忿地用力“啧”了一声，接着指着宠物箱骂道：“我要是养了小猫咪，绝对不会把它放在这种破箱子里！这门也太容易打开了。而且不戴项圈就把它放出去，小猫咪万一跑丢了可怎么办？你这种男人，也太不负责任了吧！啊？！”

“那个……是有项圈的。我本来打算回家之后就给它戴上……”

秀太慌忙从纸袋里掏出项圈。谁知阵内见状，更是怒不可遏地咆哮道：“这尺寸也太小了吧！”

阵内夺过纸袋，翻了个底朝天。当看到诊所发的猫粮时，他再一次瞪大了眼睛。

“什么啊这是？！你买之前都不好好看成分表吗？碳水占比也太高了吧！像这种成年猫咪，应该多给它补充动物蛋白才对啊！”

“动物蛋白？”

猫也需要补充蛋白质？秀太看向腿上的箱子。小 B 正缩在看不到的角落里。

“我不太懂这些……但既然都是给猫吃的，问题应该不大吧……”

“那能一样吗?！”阵内眼神里的凶光更猛烈了。“我问你，这只小猫咪几岁了？怎么看都不像小猫啊！”

“确……确实不小了……但也不是很大，才八岁。而且昨天它也吃了这种猫粮，吃得还挺香的……”

“你是刽子手吗?！”

阵内的激动程度让秀太瞠目。此时，狂暴的阵内面目狰狞，看起来更像刽子手。

“你知道八岁是什么概念吗？它的‘猫生’正处于步入老年的关键期。你不善待它怎么行?！你还要用这么紧的项圈勒着它！气死我了！气死我了！”

“行了行了，你这嗓门也太大了，别把香川吓到了。”

眼看阵内就要失控，五月赶忙制止道。秀太松了一口气。但随即他发现，五月那穿透力十足的目光简直比阵内更令人胆寒。

“修理费怎么着也得一百万日元吧。”

“一百万？真的假的?！”

秀太惊呼道。这个巨额数字听起来像是在开玩笑，但阵内夫妇的表情却告诉秀太，他们是认真的。

“我……我实在拿不出这么多钱。而且我刚刚又丢了工作……”

“既然这样，你小子明天开始来我这儿干活吧。”

阵内恐吓道。

“修理费就从你每天的工资里扣。放心，好好干的话，钱不会少你的。差不多半年，你的账就能还清了。”

“在这里干活？”

这里身穿工作服的男人们个个人高马大，就连阵内社长都比秀太壮了一圈。这里的工作明摆着是体力活。即便如此，秀太还是心存侥幸地抬头问道：“那个……是给财务那边帮忙吗？”

“想得美！当然是去工地了，小伙子好好干吧！”

“我不行的……我没干过体力活，体育成绩也不好……”

“少啰唆！明天就给我来干活，听到了没！”阵内居高临下的目光里充满了杀气。

“好吧……”秀太放弃了抵抗。确实，自己也说过不管在哪里干活，只要有份工作就行。只是自己好不容易从黑心企业的虎口里逃出来，没想到又进了“黑帮事务所”的狼窝。

小B在箱子里发出一阵骚动。秀太拿起处方单又确认了一遍，这次可不能再出错了。

“喂！小兄弟，你这样会伤到腰的。”

一群皮肤晒得黝黑的壮汉一边说说笑笑，一边搬运着钢材。他们的年纪看起来比秀太的父亲还大，但沉重的钢材在他们手里就像木棒一样，被轻而易举地扛起来。

他们正在干的是一个住宅区公园的维修工程，工人们需要拆除旧脚手架，重新刷上水泥，还要修剪树木。秀太成了作业小组的一员，他颤颤巍巍地搬着告示牌，上面写着“施工中”。还有刚才搬过的路障，这些都是秀太见过但从没亲手碰过的东西。他不仅不会操控运送砂石的独轮车，就连在收拾被修剪下来的树枝时，他都会把自己绊倒。他笨拙的动作，让其他工人见了纷纷摇头。

终于到了午休时间。有的人一股脑冲向了便利店，也有人自己带了便当。不过，秀太实在是太累了，直接一屁股坐在了地上。

突然，他的眼前出现了一个人影。抬头一看，原来是昨天开车的康介。“给！”康介递来便当。

“特意给我买的吗？”

秀太虚弱地笑了笑，接过康介从便利店买来的便当。康介顺势在秀太旁边坐了下来，叹气道：“阵内社长和五月姐让我多关照你。唉，我怎么感觉捡了个儿子……”

“捡来的……哈哈哈。”

康介看起来顶多二十岁出头，怎么说都比秀太年纪小。一问才知道，他今年果然才二十二岁。

“这么说起来，其实我也是被社长收留的。几年前那会儿，我过得挺惨的。”

康介坦诚地笑了笑。秀太嚼着米饭，好奇地问道：“挺惨？因为没有工作？还是没有钱？”

“嗯嗯，当时太穷了，我差点儿就误入歧途了。好在社长刚好在场，他把我绑回事务所揍了一顿。你算是太走运了，那只猫可帮了你的大忙了。”

康介滔滔不绝地说了很多，有秀太想问的，也有他不想了解的。秀太只能时不时干笑几声，算是回应。

秀太现在只能努力工作了，争取早点把修车费还完，然后重新找一份像样的工作。

工人们在天黑之前就收工了。一到事务所，老员工们就先回了屋子，留下新人搬运器材。秀太累得连东西都拿不稳，几乎都是康介在帮忙。

好久没有这么大的运动量了，明天肯定浑身酸痛。秀太踉踉跄跄地走进事务所，看见五月正在给临时工结算工资。如今竟然还有日结工资的地方。

“喂，香川，你的还没领呢。”

“嗯？我也和他们一样吗？”

“对啊，你还没从上家公司正式离职呢，赶紧去办手续吧。不然我这边没法给你办入职。不是正式员工的话，万一在工地上出了什么事就麻烦了。”

“好的。”

秀太从五月手里接过装着日薪的信封。昨天从公司逃走后，他再也没和任何人联系。不过现在不是想这些的时候，这几天必须去趟公司把离职手续办了。可是，秀太却无论如何也鼓不起勇气。

“你的猫。”

五月冷冷地提醒道。她的脚边放着宠物箱。

透过箱子的网格，可以看到猫猫的屁股。箱子里正是诊所开的猫猫处方——小 B。

“啊……不好意思。我不该把猫带到工作的地方来。”

“没事。我一个人待着也挺无聊的。没想到还有这么可爱的猫猫。小 B，小 B，我们小 B 可是乖宝宝呢，对吧！”

五月朝宠物箱里望去。猫猫像是听懂了她的夸奖，翘了翘圆润的屁股表示认同。

“这样啊……它今天一直待在箱子里吗？”

“当然不是！喏，它刚刚一直在玩那些猫抓板。”

顺着五月的视线，秀太看到了一堆散乱的猫抓板，上面还留着抓痕。看来小家伙玩得很开心。宠物箱的旁边有一袋猫粮，却不是秀太拿来的那一袋。

“这该不会是您特地买来的吧？”

“唉，没办法。要是让你们社长发现，他又要发飙了。我可不想替你收拾烂摊子，你快点回去吧。”

阵内社长去忙别的业务了，秀太从今早就没见过他。如果被他发现猫猫吃的依然是高碳水化合物的猫粮，那秀太可真的要“小命难保”了。

“好的，给您添麻烦了！”

秀太有些尴尬。

因为没时间准备新的猫粮，他只能把从诊所拿回来的那包带到了事务所。

一般来说，公司不会批准员工把宠物带到职场。他原本也以为自己的请求肯定会被驳回。谁知阵内夫妇对视了一眼，嘴上虽然抱怨着“真拿你们这些年轻人没办法”，却还是同意了。

即便如此，秀太也不好意思一直麻烦人家。他准备马上把猫还回诊所。他想要提起宠物箱的时候，却发现自己累得根本使不上劲。五月一脸诧异道：“哎哟，香川。你没事吧？怎么东倒西歪的？”

“没……没事。趁社长还没回来，我得赶紧回……”

门外传来一阵骚动，一群满身泥泞的工人回来了。阵内社长也在人群中。与上次一身吓人的黑西服不同，今天，他也和大家一样穿着工地的工作服。

“哎哟，你小子还在呢！”

糟了！要被发现了吗？秀太慌了神。不料阵内却蹲了下来，打开宠物箱，一把把猫抱了出来。他熟练地托着猫猫的屁股，猫猫也听话地窝在他的怀里。阵内笑开了花。

“我的小 B，阿爸给你买了漂亮的项圈哟。”

“搞什么啊你，不好好上班！”五月无奈地笑了。

“你这女人，说什么傻话！小 B 的阿爸当然是趁休息的时候，一口气冲到宠物店买的。可把我急坏了。看！阿爸辛苦买来的礼物！”

阵内拿出了一个精巧的袋子，从里面取出了一个金色的项圈。“怎么样，可爱吧？上面还有小家伙的名字呢！和它的眼睛一样，金闪闪的。”

柔软的皮革上贴着一个金色的牌子，上边刻着“B”。一个五大三粗的男人，穿着工作服，火急火燎地奔向宠物店，吩咐店员在项圈上刻上猫猫的名字——那画面实在“不忍直视”。

“那个……谢谢您，阵内先生。”

“咋回事，你小子怎么还在呢？！”

阵内瞥了秀太一眼，像是在看一个乞丐，表情中满是冷漠与不耐烦。可当他再次看向猫猫时，却像变了一个人，恨不得把最温柔、最慈爱的笑容献给它。

“小 B，你吃饭了吗？要不要和阿爸一起饭饭呀？”

“哼！小 B 已经吃饱了。我喂的。”五月插了一嘴。

“什么？！啧，你家男人在外边满头大汗地工作，你怎么能只顾自己享乐呢？！”

“你说什么？！你自己忙着工作，难道还要饿坏我们家小 B 吗？”

阵内夫妇吵了起来。猫猫被夹在中间，老老实实地窝在阵内社长的怀里。

好累。好想回家。

秀太觉得自己全身都快散架了，却只能眼睁睁地等着这夫妻俩争吵完。阵内社长居然精心准备了刻着小 B 名字的项圈，这笔费用也会被算进自己的修车费里吧……

过了许久，这场“世纪大战”终于结束了。今天已经来不及把猫咪还回去了。于是，秀太询问阵内夫妻俩，明天能不能还把猫猫带过来。夫妻俩对视了一眼。

“唉，没办法，你都这么求我们了，我反正是没意见。”

“就是啊，既然你都开口了，那我也只能勉强同意喽。”

夫妻俩再次故作无奈，却美滋滋地同意了秀太的请求。至少，在这家事务所里，猫猫不会感到孤单。

秀太的耳边响起了闹铃的声音。

好奇怪……想起床却不能动弹，身体像是被铁链锁住了一样。

床尾处传来了一阵微弱的“喵喵”声。看来小 B 已经起床了，它应该是饿了吧。

“呃——”

接着，秀太听到的是自己挣扎的声音。头还能动，但脖子以下完全失去了知觉。他几次尝试坐起来，均以失败告终。他只能感觉到，眼泪在自己的脸上静静地流淌。

到目前为止，虽然他在之前的公司里精神饱受摧残，但至少身体还算健康。可自从去了那家怪异的诊所，他的人生也开始偏离轨道。秀太僵硬地躺在床上，一阵阵地抽泣着。这时，门外突然传来一阵说话声。

“我真的不知道。要是出了事，您得自己负责。”

好熟悉的声音，是房东。还有另一个男人洪亮的声音。

“没事的！这房间里住的是我小弟。”

是阵内社长。有钥匙插入、旋转，门被打开了。

“啊，社长！果然被您说中了，这家伙还睡大觉呢！”

阵内社长和康介大摇大摆地走了进来。秀太勉强抬起了脑袋。

“请扶……扶我一把……”

“喵——”小 B 凑到阵内社长的脚边，乖巧地蹭着他的腿。社长蹲下，摸了摸小 B 的小脑瓜。

“哎哟，我的小可怜，被坏人关起来，还不给饭吃。没事了，没事了，阿爸来救小 B 了。”

说着，阵内社长抱起猫准备离开，眼看就要抛弃可怜的秀太。

“救……救救我……我的身体动不了了。”

“啧，男子汉大丈夫，怎么这么娇气！”

“社长您快看！”康介忍不住大笑，走到床边打量起秀太的惨样。

“不是提醒过你了嘛。我那时候第一天干完活，第二天浑身疼得起不来床了呢。”

“真是的。现在的年轻人啊，一个个都弱不禁风。喂，你小子也太瘦了！下次我请你吃烤肉，你给我多吃点儿肉啊！”

还说什么吃烤肉……别像现在这样浑身酸痛就谢天谢地了。

秀太试图起来，身体却止不住地颤抖，完全不听使唤，实在爬不起来。阵内社长又“啧”了一声。

“喂！康介，我先上车了，你赶紧把这废物拽起来。”

阵内社长抱着小 B 走了。秀太被康介从床上拉起来，忍着疼痛换好了衣服。

“谢谢你啊，康介。”

“小事小事。话说回来，你小子可真走运。要是我今天没一起跟来，社长肯定直接踹门进来了，还会把你拽到工地干活。不过话说回来，有猫的人待遇就是不一样啊！搞得我都想养一只了。”

“那只猫不是我的，只是寄养在我这里。”

如果坦白说那是一副猫猫处方，恐怕事情会变得更错综复杂。秀太拿上了宠物箱，康介却说：“啊，这个已经用不上了。”

“但是，我得把猫装进宠物箱里带着。总不能到哪里都抱着它吧……”

“其实，今天一大早，就有一个奢华的宠物背包送到了事务所，背包里还有一个超级柔软的垫子呢。”

“呃……”秀太感到有些困扰，他实在接受不了这接二连三的热情优待。“社长他们热情过头了吧……真要这么喜欢猫的话，为什么不自己养一只？”

“他们之前好像养过一只。”

秀太跟着康介走出了房间。他的腿僵直无力，硬是走成了外八字。

“原来如此。那只猫是死了吗……”

“多半是。”

“那再养一只不就好了。”

与其为一只寄养的猫花钱，还不如自己养一只，这样显然更划算。但不管怎样，这段时间还是先带着小 B 去事务所吧。省得社长再来家里踹门了。

“今天的活儿会比昨天更累哟。”

康介咧嘴一笑。秀太不禁打了个寒战，导致肌肉酸痛得更厉害了。

每天早上，秀太都会把小 B 放进阵内社长买的宠物背包里，带到事务所。这个背包结实又时髦，功能多样，看起来比自己之前在证券公司用的公文包高级太多了。每次，他刚把猫送到五月那里，就会有一群女员工围上来。

“自从这小家伙来了之后，我上班都开心多了。五月姐，就把它养在事务所里吧！”

“就是就是，这小家伙又乖又黏人。而且有小 B 在，社长都变成‘宠猫狂魔’了。小 B 真是太可爱了！”

尽管成了事务所的“团宠”，小 B 自己却不以为意。有时它会主动和员工们撒娇，有时又会纵身一跃，轻盈地落在架子上，连逗猫棒也不能把它哄下来。自从小 B 来到事务所，阵内社长的表情，是肉眼可见地更明媚了。

其实，五月也是位彻彻底底的爱猫人士，只是没有将那份喜爱明晃晃地写在脸上。

五月的脚边放着一个柔软的小窝，小 B 可以蜷缩在里面睡觉。但小 B 对这个小窝一点儿也不感兴趣，反而喜欢一屁股坐进墙角堆着的纸箱里。

秀太觉得有些过意不去，朝小 B 喊道：“小 B，你那个箱子破破烂烂的，肯定没有这张小床舒服哟。”

但是小 B 毫不理睬。任凭秀太怎么劝它，也无动于衷。

“没用的。”五月一边记着账目一边说道，“猫猫只会挑自己喜欢的地方待着。”

“但是可惜了这么好的东西……”

“没事。这个窝有加热功能，等天冷了，小家伙可能就赖在里面不愿意出来了。”

还没到上班时间，员工们都在三三两两闲聊着，但五月已经坐在办公桌前开始工作了。这个女人不仅对员工严厉，对自己要求也很苛刻。

不知不觉中，秀太在这家建筑公司已经工作了一周。虽然现在下班后肌肉不再酸痛得那么厉害了，但每天依旧精疲力竭。好在日薪相当可观，看来很快就能攒够修车的费用了。这次小 B 的处方只有十天，在天气转冷之前，它早已离开这里了吧。可是，阵内夫妇对小 B 倾注了那么多感情……

“对了五月姐，您以前养过猫吗？”

“养过呀。只不过它在五年前死掉了。它可是很长寿的哟，活到了十九岁，了不起吧？”

十九岁。秀太根本想不到，猫能活这么久。相信五月一定特别疼爱它。

“这么喜欢猫的话，怎么不再养一只呢？”秀太问道。

“可是，那孩子再也回不来了呀。”

五月头也不抬地回答道。

她的声音和表情没有一丝波澜，但秀太明白，她不想被继续追问下去了。康介和其他员工陆续进了事务所。这一天，秀太还是像往常一样被安排去搬运货物，下班时也依旧筋疲力尽。

这一天，是秀太逃离证券公司的第十天。

坂下结衣菜把秀太约了出来，他们说好在车站附近的咖啡馆见面。秀太把宠物背包稳稳地放在了桌子下。

“我住院了？”

“嗯，我听大家是这样说的。”

从宠物背包的网格窗可以窥见小 B 的身影。结衣菜似乎很在意它，视线时不时地落在秀太的脚边。

“我从人事部的朋友那里听说的，‘香川他肠胃不舒服，住院了’。这可是江本课长亲自来替你请假的。”

“我还没被开除？”

秀太有些左右为难。他本来还在想，自己手头还有一些公司的东西，怎么公司那边却迟迟没有动静。现在才知道，原来自己没有被开除。他的心情反而变得五味杂陈了。

“看课长那天的架势，我以为自己肯定会被开除的。”

“其实，课长是不能擅自开除手下员工的。虽说我们公司没什么人性，但只论那天的事情，他就不能那么干。就算是底层的小员工，至少也有最基本的权利，是吧？”

可是，自己那天被骂得狗血淋头，哪里谈得上什么权利呢？更何况如果自己现在还是在职状态，那也已经缺勤了好一段时间。

这下就算真的被开除，也没有回旋的余地了。

“我不知道课长为什么要撒这种谎。但他应该是想让我主动辞职，等我自己来办手续吧……”

“我觉得你先别轻举妄动。”

结衣菜诚挚的目光闪过，秀太心头一颤。她缓缓地抿了口咖啡，叹了口气，说道：“之前您让我帮忙打印的那些文件，其实都没有正规的打印记录。领导发现我在查找这些信息，就直接去问江本课长了。江本课长说一切都是误会，然后慌慌张张地拿走了那份客户名单。”

“原来是这样。所以现在文件都在课长手里了。”

“但我也做了备份。现在这个问题已经由上面的人接手了。不过，证券公司的员工伪造收据，目的只有一个吧。”

结衣菜的目光往上一挑。

秀太自然清楚她的眼神意味着什么。不如说，他从一开始就对其中的利害心知肚明。他压低声音问道：“私吞公款？”

“很有可能。所以我觉得您还是要慎重点。该辞职的人，不是您。”

事情闹得越来越大，甚至给人一种从现实中脱离的感觉。秀太沉默了，结衣菜又看向了他的脚边。

“您要把猫猫带到诊所去吗？”

“啊？不不，它是……”

秀太突然想到了什么，赶紧改口道："对，我要带它去看病。虽然没什么大碍，但以防万一嘛。"

"它几岁啦？叫什么名字呀？"

"小 B，今年八岁了，是个女孩。"

"小 B 吗？这名字真可爱呀。"

小 B 还是一副"看破红尘"的样子。秀太向结衣菜道谢后，两个人分别了。他再次踏上了前往中京心灵诊所的路。

一成不变的阴沉氛围，依然笼罩着这条巷子。手里的宠物箱沉甸甸的，他的心情也有些沉重。

秀太站在楼门口，问小 B："小 B，你在事务所过得开心吗？大家对你好不好？"

果然，小 B 还是毫无反应，和之前撒娇的时候完全是两个模样，真是阴晴不定。

秀太每天早上起床时，小 B 都会蹭过来，催促他喂食。秀太一伸出手掌，它就会把小脑袋埋进去。他的手心刚好能包住小 B 的小脑袋，轻轻一握，软乎乎的，手感非常舒服。小 B 也会眯起眼睛，尽情享受。

眯起眼睛的小 B 看起来好像在笑，那副神情总让秀太忍俊不禁。

每天早上，小 B 都能把秀太逗笑。

真心的笑—— 一个看似再寻常不过的动作，进入社会的秀太却做不到了。但小 B 却让他的笑容每天都会绽放。

秀太走进诊所，前台坐着的还是那位冷淡的护士——千岁。在秀太开口前，她倒是抢先说话了。

“是香川先生呀，请进，医生在等您呢。”

秀太走进小小的诊室，再次见到了医生。

“下午好，香川先生。啊，您今天精神很不错嘛。”

医生笑着问候道。香川有些不好意思，难道自己的心情都写在脸上了吗？虽然这家诊所没有做过任何实质性的治疗，但因为现在一直从事高强度的体力劳动，所以最近自己每天都睡得很好，食欲恢复了，体重也增加了。

医生敲着键盘，频频点头。

“恢复得不错，看来没什么问题了。那么，请把猫猫还给我们。下一位患者要到了，今天就到这里吧。”

“请等一下。”

“嗯？还有什么事吗？”

秀太不免焦急起来，自己还没梳理好乱成一团的思绪，就又要被赶走了吗？他没有交出放在腿上的宠物箱。

“请问……能不能再借用这只猫猫一段时间？”

医生一脸惊讶。

“嗯……可是您的症状已经得到改善，我觉得不需要再‘服用’猫猫处方了呀。”

“倒也不是这个原因……”

秀太的脑海里浮现出阵内社长和五月姐的脸庞，夫妻俩总用宠爱到极致的目光盯着小 B 发呆。

“我的身体确实好了很多。我的新公司，那里工作氛围还不错，但是规模不大，我可能没办法一直待下去。我还是想在更稳定的大公司里工作……所以我想再多‘服用’一段时间。”

“可您之前不就在稳定的大公司里工作吗？”医生直言不讳地说道，“我记得您之前说过，您工作的地方是一家规模很大的公司，还接广告之类的业务，那不就是您想要的稳定的公司吗？”

医生的笑脸像是当头一棒，无情地砸向了秀太。

自己兜兜转转还是回到了原地。这简直就像当初在京都四处游走时的状态，他在那棋盘一样的街道里迷失，找不到任何一个出口。

秀太陷入沉默，医生似乎有些看不下去了，苦笑道：“能一直待下去的地方嘛……唉，算啦。既然没有出现副作用，您就继续‘服用’猫猫处方吧。但是只有五天的时间哟，小 B 本来是收容所要拉去安乐死的猫猫。”

“安……安乐死？！”

“没错。这种收容所里的猫猫，规定时间内没有人领养的话，就会被安乐死。”

秀太愣住了。医生微笑着，继续用温柔的京都腔说道：“这只猫猫的主人上了年纪，在家里去世好几天后，才被邻居们发现。猫猫本来一直被困在房间里，之后才被送去了收容所。算上它的两个姐妹，这一窝总共有三只猫，所以按年龄从大到小依次叫A、B、C。有意思吧？”

小B……小B……真是个可爱的名字。

刚刚结衣菜也这样说过。平时，五月姐和事务所里的员工们一看到它就喜笑颜开。大家都柔声叫它“小B”。

腿上的箱子沉甸甸的。一股难以名状的酸楚涌上秀太的心头，如同凶猛的潮水，似乎要将他吞没，令他感到窒息。

“可是……小B是你们诊所的猫猫处方啊。就让它继续待在这里，不把它送回收容所不行吗？你看，要是没有小B，我的病也不会好得这么快啊！”

“我们这又不是动物保护中心。完成任务的猫猫就得回到它们该回的地方。”

医生继续用温柔的语气轻描淡写地说着，浅浅的笑里看不出一丝温度。反倒是秀太，早已经心乱如麻。活生生的小B，明明就在自己身边。

“那……那就给它找个主人，或者……反正总会有办法的吧？可以问问之前的那些患者，然后……对，把猫猫交给他们。也可以在网上找找看，说不定有人愿意收养小B呢，毕竟它这么可爱！”

突如其来的坏消息让秀太措手不及。他知道，这些不过是自己的一厢情愿。尽管他没有资格去指责对方，但医生冷漠的态度，还是令他怒火中烧。他紧紧地抱着宠物箱，看向里面的猫。

“大家一起努力，肯定能给它找到新主人的。只要努力去找，一定可以找到的！”

“嗯，好好找找的话，说不定可以。”

“对……对啊！”

秀太猛地抬起头，发现医生脸上仍然戴着那副温柔的微笑面具。

“不过呢，这样的猫猫可不止一只。为了给它们找到去处，宠物店和动物保护中心的工作人员一直到处奔走。收容所那边也已经尽力了。即便如此，无家可归的猫猫还是数不过来。我们实在是条件有限。而且，真正的好归宿，哪有那么容易找到，一定要真心对猫猫好才行。”

真心对猫猫好？那是什么意思呢？秀太似懂非懂。但如果这就是解决的方法，他想知道到底该怎么做。

“那怎样才算真心呢？”

“您不是正因为不知道答案，才到我们这里来的吗？好啦好啦，别眼泪汪汪的。您不用担心，就算小 B 不在了，也还可以给您开其他的猫猫处方。还剩五天，这个疗程就结束了。那么，就请您坚持‘服用’完剩下的处方哟。”

还剩五天，这个疗程就结束了……

劫后余生的小 B 还不知道，等待它的结局将是安乐死。秀太无法接受这样残酷的现实。为什么好不容易从死神手里逃出来的生命，却要这样被轻易放弃呢？

“小 B 的姐妹呢？也在这里吗？”

秀太颤抖着问道。医生身后的帘子被拉了起来，护士千岁正从里面往外搬宠物箱。秀太不清楚，箱子里的猫将面临何种结局。

“另外两只猫猫被送到收容所后，不久就死了。死因是器官衰竭。现实就是这么冰冷。”

秀太在医生送客的目光下离开了诊室。他走过前台的时候，千岁护士依旧头也不抬地说道：“请多保重。”

听了这没有感情的语气，任谁都会联想到“高冷傲娇”的猫猫。

秀太不知该如何是好。就这样，时间慢慢流逝，一天、两天、三天。秀太还是照常带着小 B 去事务所上班。每天，公司里都会多出几样本不该存在的东西——激光笔、大鱼形状的按摩垫子之类的猫咪用品。每当看到这些，秀太的心便狠狠地揪在一起。今天已经是第四天了。明天，他就必须把小 B 还给那家奇怪的诊所了。

上次见到医生的时候，对方平静地说，要把小 B 送回到它该回的地方。难道他明知小B的下场如何，还要把它送回收容所吗？虽然医生和护士都十分神秘，但秀太总觉得他们或许并不像看起来那样冷漠。

“喂！小子！”

秀太吓了一跳。一个黝黑的男人正一边搬运沙袋一边怒视着秀太。这个男人六十岁左右，在事务所的工人里资历是最老的。

“你小子打算就站在那儿，看我们这些老头子卖命吗？真是一点儿眼力见儿都没有！”

“对不起！对不起！”秀太慌忙上前。平时也是如此，稍微走走神就会挨骂。但今天他过于心不在焉，被骂了好几次，最后一次头上还挨了一巴掌。

下班后，工人们坐上了回事务所的面包车。康介凑到秀太身边，悄声安慰道：“别往心里去。上了岁数的人嘛，就是性子急。”

“谢啦。不过也是，这个年纪还在工地上干活，确实挺辛苦的。”

“唉，没办法。他们这种情况，只要不用动脑子，干什么活都行。身体就是他们的本钱。社长也是于心不忍，连这种老大爷都没赶走。香川，其实你也可以一直在我们这儿待下去的。你瞧，你现在的肤色可比以前健康多了。”

康介已经把秀太当成了兄弟，他一边笑着说，一边开始比较起两人的手臂。康介黝黑的肤色自然更胜一筹。但秀太猛然发现，自己原本白净的皮肤，不知何时竟已晒成了褐色。他用力眨了眨眼，仔细看了看。

一直在这里待下去?

他从没想过这个问题。看着默不作声的秀太，康介尴尬地笑道:“啊哈哈，看我说的什么傻话。你可是上过大学的人，怎么可能看得上我们这种不起眼的小公司。”

刚走进事务所，秀太就看见五月姐的身边围着一群女员工。原来小 B 正卧在五月姐的腿上，蜷成了一团。

“五月姐，你也太幸福了吧！我也想让小 B 趴在我腿上呢。”

“它睡得可真香，看起来心情不错呢，好可爱啊！”

“你们说得倒是轻巧。我的腿早就麻了，很难受的好吧？动又不能动，真是的。小 B 呀，你要不要换个地方呀？”

五月虽然嘴上这样说，看起来却得意得很。小 B 在她的腿上呼呼大睡，也丝毫影响不到她的工作。虽说小 B 平时也很爱黏着秀太，但从来没有这样在他腿上酣睡过。秀太有些嫉妒了。

外面传来了车子的声音，是其他施工队回来了。果不其然，阵内社长的大嗓门在事务所里回荡了起来:“哦呦！小 B，在干吗呢?表现得不错嘛！”

小 B 闻声从五月的腿上跳了下来。它稍显惊讶地瞪圆眼睛，“咻”地竖起耳朵。阵内社长见状，笑眯眯地蹲下身来。

“你好聪明呀！我们小 B 就是最棒的小猫咪！”

康介没忍住，“噗”地笑出声来。阵内瞬间换了一副表情。

“你们几个是什么情况？回来了怎么不先去洗车？！”

“是是是！”康介连忙走了出去。原本在一旁不紧不慢的秀太，担心矛头转向自己，也紧跟着追了上去。

两人到了停车场，接好橡胶水管，开始冲洗挖掘机和卡车的轮胎。一阵短暂的沉默后，康介低声模仿道：“我们小 B 就是最棒的小猫咪！”

“别学了，康介！”

秀太的肩膀止不住地颤抖。他努力克制着，不让自己笑出声来。但康介在一旁继续坏笑着说道：“没想到啊。你看到社长刚才一脸讨好的样子了吗？那还是我们的大哥吗？还说什么‘表现不错嘛’。说反了吧！哪里是猫表现不错，明明是五月姐表现不错好吧！”

不能笑，会被社长他们听到的。但是，两人终于再也按捺不住，同时捧腹大笑起来。事务所里传来阵内社长的怒吼，但秀太和康介笑得根本停不下来。

上一次这样放声大笑，是在什么时候来着？几个月之前？不，可能是几年之前了。

秀太换好衣服，完成下班考勤记录后和其他员工一起离开了事务所。外面的天已经黑了。京都的夜晚几乎看不到路人和车的影子，除非是在繁华地段。但能称得上繁华地段的，其实也只有那么几条街道。

秀太在路上走着，低头看向手里提着的箱子。

“别担心，小 B。你可以一直在这里待下去的。”

可能是刚才大笑了许久的缘故，秀太的身体暖暖的，心情也有些兴奋。他之前怎么没发现，如此日常的小事，竟然有这么大的魔力。秀太想，也许……自己可以做小 B 的新主人。

养猫的必需品基本都齐全了，只需要像这些日子一样，继续照顾它就好。

秀太回想起小 B 用小脑袋拱自己的情景，还有手心里传来的柔软触感。不管那个奇怪的医生说什么，他都不会放弃小 B 了。

这大概就是付出真心？有小 B 在身边，秀太每天都很快乐，每天都在被治愈着。未来，它肯定也会继续给自己带来幸福的。

不知不觉中，秀太已经走到了公寓楼下。突然，他停下了脚步。

幽暗的灯光下，出现一个熟悉的身影——江本。

注意到秀太靠近了，江本露出了瘆人的微笑。

“江本课长……”

“怎么样啊？香川，最近过得不错吧？”

江本走了过来。与往常不同，他的笑里隐藏着一丝谦卑，声音也不那么狂妄了。

秀太仿佛石化了一般，身体已经不听使唤，只能看着江本一步一步走到自己跟前。

江本把手搭在秀太的肩上，说道："哎呀，你可让我担心坏了。那天，你怎么突然就跑了呀？不过呢，没关系，我帮你遮掩过去了。啊哈哈……"

江本发出生涩的笑声。他仿佛怕被路人听见，压低了声音，继续说道："话说，香川，上次我好像误会你了。事情其实是这样的，是木岛这家伙，他居然敢对客户做出这种违规的事。"

"课长，这件事情我已经……"

"你先听我说。我本来还纳闷，他怎么说不来就不来了。后来才知道，这小子从上了年纪的客户那里收了不少钱，骗他们说能大赚一笔。当然，这都是他瞒着公司干的，我也被他蒙在鼓里。一开始，我觉得自己有责任帮他提升业绩，才把客户名单给了他。"

"课长……"

秀太的眼前浮现出木岛的脸。他之前说，那个和蔼的老奶奶希望他能常来。眼前的江本却满嘴谎言，令秀太感到恶心。以前的秀太，只是觉得江本可怕。这一刻，却只觉得他是只可怜虫。

"课长，就算真是这样，我也做不了什么。我早就辞职了。"

"香川，你说什么呢？我们都是受害者啊！是木岛，都是木岛干的好事！你回公司帮我解释清楚！解释清楚！"

江本的音量越来越高。秀太被他逼得连连后退，后背都贴在了公寓楼的墙上。

“课长，您冷静点儿！”

“冷静你个头！你倒好，辞了职就能一走了之，我可是一辈子都搭在上面了！”

与平时的呵斥相比，此时江本的声音中透露着几分绝望。昏暗的小路上，江本愤怒的声音打破了宁静。宠物箱里传来了小 B 的叫声。它似乎受到了惊吓，“嗷呜嗷呜”地哀号着，在箱子里躁动起来。秀太把宠物箱紧紧抱在胸口。

“小 B，小 B，乖，不要怕哟。”

“香川，算我求你了！我上有老下有小，要是让他们知道，我就完蛋了！你先帮我瞒几天，我一定抓紧时间把所有钱都还给客户！”

他双手合十恳求道。可是，香川却摇了摇头，说道：“江本课长，您现在回头还来得及，主动去和公司坦白自己的错误，他们说不定会原谅您的。我也会把实际情况一五一十地说出来的。”

秀太尽量使自己的语气显得真诚。他还要努力稳住宠物箱，以免抓狂的小 B 摔到地上。

“坦白？你说得倒轻巧！”

“课长……”

“对，你说得没错。”

受惊的小 B 在箱子里不断发出尖叫，声音像用指甲抓挠金属一样刺耳。江本阴沉的视线落在了宠物箱上，他用异常平静的口吻问道：“这里面是猫吧？香川，你在养猫？”

“我……我……”

香川吓了一跳，抱着宠物箱的手下意识地又用力了几分。小B还在叫个不停。江本扬起嘴角，露出狡黠的笑，他抬头看向公寓楼。

“香川，你就住这儿对吧？这种公寓明令禁止养猫。这猫是偷偷养的吧？你可真会钻空子啊。”

秀太吃惊地愣在原地。江本得意地扬了扬下巴。

“明天一早我就打电话告诉你们的物业。实话实说嘛，像你一样。去吧，你也去和公司实话实说，把所有事情都告诉他们。怎么？觉得我是个浑蛋？我私吞公款是不对，但你偷偷养猫就没错了吗？你也不是什么好人，别假装清高了！”

看江本的架势，他是要和秀太鱼死网破了。他表情扭曲，不知是在哭还是在笑。

秀太紧紧抱着箱子，转身逃走了。只留下身后奇怪的笑声，渐渐消失在夜色里。

事务所的灯还亮着。秀太松了口气，飞一般地冲了进去。阵内社长和五月姐都在。五月惊讶地迎了上来。

“香川？这是怎么了？”

“这个……猫……”

一路狂奔让秀太上气不接下气。他瘫坐在地上，把宠物箱推了过去。五月诧异地接过，开口问道："到底出什么事了？看你这满头大汗的。"

"这只猫……小B……请你们收养小B！社长，您把它留下吧！"

秀太断断续续地说道。一双金色的大眼睛透过宠物箱的网格向外望，视线正好对上秀太的目光，他的泪水夺眶而出。

阵内社长站起身来，低头看着秀太，严肃地问道："到底怎么回事？你把话说清楚。"

"小B不是我的猫，是收容所里的猫。明天就是收容它的最后期限，过了明天，它就要被执行安乐死了。"

"安乐死？什……什么意思？！"

五月惊得提高了音量。阵内社长在一旁说不出话。

"我本来想自己养着小B，这是最好的办法了。但谁知道被课长……呃……不不不，被物业发现了。小B已经没法在我那儿待下去了。所以，社长、五月姐，求你们收养小B吧！你们都那么喜欢猫，而且小B也很招人喜爱。求你们了！"

秀太跪在地上深埋着头。片刻后，他抬起头来。只见阵内社长双唇紧闭，五月姐则一脸为难地盯着社长。

"这……"

"不行。我们养不了。"

阵内社长决绝的语气中，流露出一种难以言喻的痛楚。秀太整个身体一颤。

“为……为什么？”

“我们早就决定，再也不养猫了。之前我们养的猫去世的时候，我们就发过誓，这辈子都不会再养了。不管遇到什么情况，都改变不了我们的决定了。”

“社长……”秀太不知所措。

阵内在秀太面前蹲下来，用严肃认真的目光注视着他，问道：“听好了，你说你想养小 B，对吧？”

“我……我确实说过，但是……”

“那你就必须负责到底。现在养不了，那就得努力，一直努力到养得了它为止。既然你想一直和它生活在一起，就好好想想，自己能为它做点儿什么。难道除了把它交给我们，真的就没有其他办法了吗？”

一直生活在一起……

秀太看向小 B，下意识地轻轻握住了拳头。他想起手心里温暖的触感，小 B 的小脑袋柔软又紧实，像圆滚滚的网球一样。小 B 好像又将小脑袋埋在他的手中，仿佛要陪伴他直到永远。正如已经离开了这个世界的那只猫猫，一直住在阵内社长和五月姐的心底，小 B 柔软的触感也一定会流连于自己的掌心，久久……久久不会消散。

秀太回过神来的时候，小 B 正透过网格窗窥向这边，金色的眼眸里没有一丝忧愁。秀太想，一人一猫的生活当然不会时时都是开心的，猫猫也没有别人想象中的总是那么讨人喜欢。

自己可能会被赶出公寓，工作又不稳定，积蓄也不多。但是此刻，秀太下定决心，要让小 B 过上安稳的生活。还有一些事情自己能做到，也只有自己才能做到。

许多复杂的情绪骤然涌上心头，他深鞠一躬。

“社长，请让我留在这里！还清了车子的修理费之后，我还想继续在这里工作！我明天马上就搬家，去找能养猫的公寓。我来养小 B！这段时间可以先把它寄养在这里吗？我会更加、更加努力工作的！”

说完，秀太又深深鞠了一躬。除非社长同意，否则他绝不起身。

阵内社长长长呼了一口气。

“你搬家吧。”

“嗯？”秀太抬起头，连忙说道，“嗯！我明天就去找房屋中介。”

“你缺心眼啊！哪能这么快就找到可以养猫的地方。我会和认识的中介打个招呼，你就先把行李搬到事务所吧。这段时间就由我来照顾小 B……小 B，今天和阿爸一起睡香香哟！”

阵内社长拿起宠物箱，整个身子往皮沙发上一靠，把脚搭在了茶几上。他语气豪横，但整个人却已经是美滋滋的了。

秀太有些没反应过来。但阵内的话就像一针强心剂，使他感受到了一种很久都没有感受到的力量。

五月有些无奈地笑道："好啦，就这样吧。香川，赶紧和之前的公司撇清关系。还有，快点儿找房子。不然，某人连班都没心思上咯。"

"好的，我尽快处理！"

秀太强忍着笑，点了点头。这是多么不可思议的缘分。仿佛上一秒还迷失在京都的街道里，下个转角，便抵达了目的地。

接下来可有得忙了。要做的事堆积成山——搬家，办辞职手续，还有建筑公司的工作。不过，最要紧的是先去那家诊所，申请领养小 B。那个奇怪的医生，会说些什么呢……

秀太联系坂下结衣菜，打算告诉她自己决定辞职了。结衣菜很快就回复了信息。

"江本课长今天没来，在调查结果出来前，他都要停职在家。"

两人在富小路街上向南走着。秀太今天一早就去公司办好了辞职手续，把该做的事都完成了。秀太一提到小 B，结衣菜就要抛下手头的工作，和秀太一起去诊所。

"停职吗？他直接承认不就好了。"

秀太稳稳地提着宠物箱。小 B 乖乖地待在里面。

“最后害得您白受牵连了。其实您明明可以不用辞职的。”

“没关系的，反正我迟早都要离开这里。”

“也是。毕竟这家公司没什么良心。”结衣菜的心情似乎也变得复杂起来，“但我会坚持下去，其实我还挺喜欢这份工作的。光抱怨没用，还是得自己行动起来。好好努力，人生总能改变的。”

“你说得对。人生是可以改变的。”

秀太笑了笑。自己曾经对很多人和事都抱有成见。他曾觉得建筑行业，包括阵内社长的公司在内，都是会剥削员工的地方。

但是，他工作了一段时间后，发现这里并不那么让人反感，甚至还很适合自己。

“话说，那家评价很好的诊所到底在哪儿啊？总觉得我们一直在原地打转呢。”

走过了好几个路口后，结衣菜停下了脚步。秀太本想逞能，自己在前面带路，但他似乎也弄不清方向了。结衣菜呆呆地停在原地。

“那条街的名字叫什么？”

“嗯……没有街名，用的是京都特有的地址标记。麸屋町向北，六角街向西，富小路街向南，蛸药师街向东。听着就要把人绕晕了。”

“什么意思？向北，向西，然后向南，再向东？那不就是绕了个圈？”

“好像确实是这样。”

可他之前明明找到了。在这一带转了几圈后，突然就看见了那条昏暗的巷子。

可是，今天无论是巷子还是那栋楼，都不见了踪影。香川绕了半天，也没找到入口。最后，两人停在了路中央，小B喵喵地叫了起来。它似乎心情不太好，在宠物箱里躁动不安。

“猫猫是不是饿了呀？”结衣菜回头望向来时的路，“找不到呀……那家诊所。”

“是啊……”

手中沉甸甸的宠物箱证明这一切绝不是一场白日梦，也不是自己的臆想。但他们的确怎么也找不到那家诊所。一旦走进这棋盘一般纵横交错的街道，找不找得到，就全凭运气了。谁又能说清这家诊所到底是不是真实存在的呢？京都，就是这样的一个地方。

秀太看向结衣菜，她歪着头笑了笑。秀太也微笑以对。两个人不再在原地徘徊，并着肩径直向前方走去。

故事 二

猫を処方いたします。

要不就
叫它
“斑六”吧

中京心灵诊所

【处方笺】

采访者姓名：古贺勇作　　年龄：51　　性别：男

身份：客服中心主管

症状：因"空降"上司而烦恼不已

【处方猫】

品种	性别	年龄	姓名
混血	雌性	约3岁	五圆

医生：米奥　　护士：千岁

潮湿巷子的尽头，矗立着一栋杂居楼。

“这地方怎么破破烂烂的。”

古贺有些不满，嘴里嘟囔着。巷子是一条死路，被夹在两旁老旧的建筑中间。从巷口向内望去，只能看见一条狭窄的路，像是城市的一条缝隙。

整栋楼也笼罩着一股阴沉的气息。头顶明明是万里无云的晴空，脚下却是一片湿冷。古贺心里想，这场景简直就是自己当下处境的真实写照。

古贺从楼门口朝里窥探，走廊一片昏暗，回应他的只有寂静。

“好好的我干吗要跑到这种鬼地方，真是……”

他一边埋怨着自己一边走了进去，踏上走廊尽头的楼梯后，二层、三层……爬着爬着，他感到有些喘不上气。

“为什么……一定要来……看什么……心理医生……可恶！”

净是些糟心事。爬到五楼的时候，他已经上气不接下气了，厚厚的眼镜片上蒙了一层白雾。

“这个奇怪的地址，又是……怎么回事……写得乱七八糟的！”

京都市中京区麸屋町向北，六角街向西，富小路街向南，蛸药师街向东。东南西北加上街道名，这样的标记方式原本能在棋盘般的京都市内清晰地给每一栋建筑定位。可是，实际找起来实在叫人摸不着头脑。恐怕这种说法是对京都不熟悉的人随口乱传的。

中京心灵诊所的处方疗效很好，这也是他从朋友那里听来的。实际上，他对这家诊所也没特别感兴趣。因此，古贺走到门前却开始犹豫了。

要不……还是算了吧。不行！费了这么大劲才找到。来都来了，还是进去看看吧，就当图个心安。

然而，年过五旬的古贺对心理医院这类地方相当抵触。就连走进眼前的这个小诊所，他也要站在门口进行一番心理建设。

要不……还是回去吧……哎呀，不行不行！为了来这里看病，自己甚至还请了假呢。

犹豫不决的古贺呆呆地站在诊所的门口，像是石化了一样。这时，走廊的另一头走来一个男人。男人经过古贺身后，来到诊所隔壁的房间门前，缓缓打开了门。旋转门把手的几秒时间里，男人直勾勾地盯着古贺，仿佛在审视一个形迹可疑的人。

察觉到男人的目光，古贺慌忙推开了诊所的门。他没想到，看上去十分厚重的大门，推开时却格外轻松。诊所里面也比想象中要干净，狭小的前台空无一人。虽然硬着头皮进来了，但他还是不敢出声向前台的小窗口里问讯。要不到此为止……现在就回去吧……正当他犹豫的时候，“啪嗒啪嗒”一阵拖鞋声响起，一个二十六七岁的护士走了出来。

“您好，是来看病的吧。里面请。”

“不……不是，我……”

“里面请。”

护士头也不抬，只是用手指了指诊室的方向。诊室门口的候诊区只有一个小沙发。他刚打算坐上去，护士便开口说道：“沙发是给预约的患者坐的。医生就在里面，您直接进去吧。”

京都腔特有的柔婉中夹杂着几分高高在上的意味，用“绵里藏针”形容再合适不过了。古贺听了，心里生起了一股无名火。真是个冷冰冰的女人！眼前这个护士的形象，和令他讨厌的那个人的影子渐渐重合到了一起。

古贺恶狠狠地瞪着护士，可对方却看也不看他一眼。他只好憋着一肚子气，走进了诊室。房间内十分逼仄，只有一张桌子、一台电脑，还有两把椅子。靠里面的位置还挂着一个帘子。

这到底是什么布局……说是诊所，未免也太简陋了吧。古贺正暗暗想着，帘子突然被掀开了。一个身穿白大褂的医生走了出来，古贺反倒更惊讶了。

医生身材纤细，看起来三十岁左右，比自己年轻多了。他面容清秀得像女人一样，正是自己的女儿笑里喜欢的那种类型。这种弱不禁风的小白脸竟然能当心理医生？对于古贺来说，这一点儿也不好笑。因为在家的时候，妻子总嫌弃他的啤酒肚，还说他身上有一股老人特有的体臭。这些抱怨，总会刺痛他的自尊心。

“您好，您是第一次来我们诊所吧？”

医生语气温和，浓郁的京都腔婉转起伏，听起来有种与他年龄不符的老成。

“啊，是的。”

“方便问一下吗，您是从哪里听说我们诊所的呢？”

“印象里是一个朋友的朋友……但我也记不大清楚到底是谁说的了。”

古贺含糊其词。其实他的确早就忘了自己是从哪儿听来的。他只记得，自己听到别人在说什么“有一家不错的心理诊所”，就竖着耳朵偷偷记了下来。

医生的脸上露出了耐人寻味的笑容。

“这样啊，真愁人呢。最近总有像您一样的患者突然到访，也不知道都是从哪儿听说的消息。您也看到了，这里只有我和护士两个人，所以原则上我们是不接收新患者的。”

“那我该怎么办呢？”

直到上一秒，古贺还在怀疑这家诊所的专业性。但听到医生这样说，他却不由自主地焦虑起来。

“我可是特意请了半天假来的。你们这不是心理医院吗？我最近正心烦呢，你们得好好帮我看看呀！”

“心理医院？”医生难以置信地歪了歪头，“啊哈哈，听起来规模可不小呢，啊哈哈哈！”

医生大笑起来。古贺一头雾水，只能配合医生努力挤出一丝笑容。

“不过嘛，既然您特意来访，那就另当别论啦。请问您的年龄和姓名是？”

“呃……古贺勇作，下个月就五十二岁了。”

“您哪里不舒服？”

故作高冷地说了那么多废话，最后还不是要给自己看病。古贺感到有些不满，于是板起了脸。就算把自己的遭遇说给这个医生，他能理解自己吗？古贺感觉，无论在这家诊所，还是在家里，或者在公司，自己都像个局外人。

他攥紧拳头，垂下了双眼。

“让我烦心的……是工作上的事。大约三个月前，公司派了一个女员工到我们部门。我怎么看她都不顺眼。关键是，这个新来的，一个女人，竟然成了我的顶头上司！而且她这个人吧，怎么说呢……一看就是个轻浮的女人。反正，我就是看她不爽！”

古贺嘴里的那个女人名叫中岛雏子，今年四十五岁。按理说，早就过了“轻浮”的年纪。但事实的确如古贺所说，可能由于单身的缘故，雏子总是打扮得花枝招展，说话声音大得刺耳，举止也十分夸张。而且，她每天都笑得非常灿烂。

古贺想起雏子特有的笑声，禁不住感到一阵反胃。

“我在一家承接外包业务的客服中心工作。那里除了我，基本上所有员工都是女的。所以我在公司里难免有点儿寂寞。不过这样其实也挺好的。听同事发发牢骚，处理处理客户的投诉，工作也算得心应手。可自从那个女人来了以后，公司里简直是天翻地覆……我也不知道是怎么回事，总感觉老是听见她在说话，耳朵里一直嗡嗡嗡的。”

在客服中心，整个一层楼有无数个工位，员工们用电话与用户进行一对一的沟通。面对形形色色的用户，接听电话的客服可谓压力巨大。

身为公司的中层，古贺的工作是把控全局。当然，有时为了平息客户的怒火，也需要他亲自出马赔罪。今年是古贺在这里工作的第十五个年头，他依然卡在主管的位置。到目前为止，他在公司里挨过客户的骂，却从来没有和同事起过任何争执。日子过得千篇一律，但也没出过什么大的差池。古贺的上司——客服中心的部长，早已在自己的位置上“躺平”，等待迎接明年的退休生活。所有人都认为，古贺将理所当然地接替他，成为下一任部长。

然而，天不遂人愿。

一夜之间，名叫中岛雏子的女人从东京空降而来。总部甚至特意为她增设了一个副部长的职位。这样一来，这个女人便突然成了古贺的上司。

“真不错！真不错呢！真的很不错呢！”

古贺更加用力地攥紧了双拳。

“真的烦死了，那个女人的这句口头禅在我耳边响个没完。尤其是晚上睡觉的时候。‘真不错呢！真的很不错呢！’，简直像耳边有个和尚在念经一样。”

古贺松开紧握的双拳，抬起了头。

医生呆呆地望着天花板，正在用手指挖着鼻孔。

古贺愣住了。自己滔滔不绝地说了半天，医生却如此敷衍。

“医生，您看哪儿呢？我刚才说的话，您听见了吗？”

“嗯？啊……当然了！那个那个……客服中心是吧？确实，这种地方会让人压力很大的。所以……您今天是为什么来的呢？”

医生嘻嘻一笑，古贺气不打一处来。

“我说这位医生，我睡不着觉！我一闭上眼睛就能听见那个女人的声音。我已经失眠好几周了！上班的时候也总是走神，再这样下去我要变成精神病人了！”

一通发泄过后，古贺激动得面红耳赤，胸口剧烈跳动。尽管如此，医生仍然是一副令人琢磨不透的表情，不痛不痒地说道：“哦，这样啊。睡不着觉，确实很痛苦呢。”

医生把身体转向办公桌，开始敲起电脑键盘。

“那就开一副猫猫处方吧。请‘服用’后观察一段时间。哟，您还挺走运。正好我们的‘特效猫’刚刚被其他患者送回来。”

医生转过身去，对着门外说道：“千岁护士，带猫猫过来。”

“好的。”刚才那位护士走了进来。她一只手抱着一只毛色棕黑相间的猫，另一只手把宠物箱放在了桌子上。医生接过猫，从猫咪的脑袋一厘米一厘米地抚摸到了尾巴。

“这只猫可是‘药效’超群哟。下一位患者还等着‘服用’，所以只能给您开十天的疗程。不过十天应该也够了，请您拿好。”

医生说完，便要将猫塞进古贺怀里。古贺大吃一惊，连忙将椅子向后撤。但在这狭小的诊室里，他根本无处可逃，只得被迫接过了医生手中的猫。

“等……等一下！这是什么东西啊?！”

“是猫猫处方呀，疗效很好哟。我会开药方给您，拿着药方去前台领完东西就可以回去了。那么，请多保重！”

“保重什么啊保重！你就给我只猫，能顶个屁用啊?！”

“屁？最好不要在猫猫面前污染空气，它对臭味非常敏感的。好啦，您别担心，‘猫治百病’。啊！对了，如果预约的患者已经到了，麻烦您帮我请他进来。”

说罢，医生递来一张小纸片，然后把宠物箱也塞给了古贺。就这样，古贺被赶出了诊室。他发现候诊区的沙发上空无一人，便走到了前台。接过护士递来的纸袋后，他又费了好大劲才把猫塞进箱子里。只是抱了猫猫这么一会儿，自己的衣服上就已经粘满猫毛了。

年过半百却要忍受失眠的折磨，无论在公司还是在家里都不受待见，自己还在操心下属的心理健康，现在看来，自己才是病得不轻。因为怕被人看到，才大老远地跑来这家诊所，却落得个一身猫毛的下场。古贺低头看了看自己狼狈的样子。

“这是什么情况……”他茫然地嘀咕了一句。

古贺的家离京都市区有一段距离，从车站出发大概要走二十分钟。家门前只勉强停得下一台车，房贷也还要还十五六年。

每次回家，古贺都能找到些自己作为“一家之主”的存在感。他的妻子是家庭主妇，家里只有一个女儿，正在上大学。以目前的条件看，就算家里再多一只猫，也不会造成任何负担。

即便如此，他进家门的时候，还是蹑手蹑脚，像做贼一样。

“我回来了……”古贺轻声嘟哝道。客厅的方向传来电视的声音，妻子夏绘正赖在沙发上。

古贺看了看手里的宠物箱，感到束手无策。虽然他在心里骂了那个医生八百遍，但最后还是乖乖把猫带回了家。他从来没养过宠物，要想照顾好这只猫，还得靠妻子和女儿帮忙。

不过，怎么和她们开口呢……我失眠，所以医生给我开了只猫？而且，大家都说“猫能治百病”……

正当古贺犹豫不决的时候，夏绘从客厅走了出来。

“哎哟，孩子她爸，这么早就回来啦？”

“啊……是啊！”古贺赶紧把宠物箱藏到了身后。

“你提前回来怎么不告诉我一声？我还没做饭呢。”

“怪我，怪我！别急，你慢慢做。”

古贺察觉到，自己似乎破坏了夏绘的好心情，他赶紧把女儿搬出来当救兵。

“笑里呢？今天难得回来得早，叫女儿一起吃饭吧。”

“吃什么吃呀，笑里昨天就和学校社团里的朋友出去玩了，这几天不回来住。都跟你说了多少遍了！”

“呃……好像是有这么回事……”

“真是的，跟你说什么都不往心里去。”

夏绘叹了口气，对古贺的不满丝毫不掩饰。

危险危险！绝对不能再触碰她的底线了。

古贺努力用身体挡住箱子，小心翼翼地朝二楼走去。但他很快就暴露了。

“这个箱子里是什么？你又买那些没用的玩意儿了？别再买了啊，家里根本没地方放了！”

“没……没有。这是公司暂时寄存在我这儿的，不是什么大不了的东西……”

古贺话没说完，夏绘就连打几个响亮的喷嚏。猫受到惊吓，搞得箱子左右乱晃起来。

“嘿，你给我老实点呀！”

“你给我站住！这里边该不会是……”夏绘探头朝箱子里看去，随后又打起了喷嚏。“要命了！真是猫！”

“不不不，不是一般的猫。其实是我今天去了医院……”

“你别过来！我对猫毛过敏！”

一连串的喷嚏让夏绘泪如雨下，她用衣袖捂住鼻子，怒视着古贺。

古贺十分震惊。

“过敏？真的吗？什么时候开始的？”

“结婚之前！我都跟你说了几百遍了！”

夏绘慌忙逃去了客厅。短暂的迷茫过后，古贺只好把宠物箱和其他东西都抱上了二楼。二楼的房间平时一直用来堆放杂物。他把箱子放在地板上，自己也在旁边坐了下来。

“过敏啊……这可完了。看她喷嚏打得那么厉害，养猫计划估计要完蛋了……”

突然，猫把脸贴到箱子上，向外张望。透过网格，一人一猫四目相对。它目不转睛地盯着古贺，似乎想从箱子里出去。

“干……干吗？别这么看着我啊。放心，我可是一家之主，肯定会有办法的。你先在里面待着。乖乖的啊！”

古贺回到一楼，火冒三丈的夏绘正在客厅等他。看这架势，古贺知道她不会轻易放过自己。

“那个，孩子她妈……这只猫其实是医院开的处方。我最近不是心理压力有点儿大嘛……听那个医生说，‘猫治百病’……”

“怎么可能？净瞎说！”夏绘暴跳如雷。“我看你就是想先斩后奏，自作主张弄只猫回来养！”

“不不不，不是一直养，是寄养而已。就十天！十天之后我马上把它送回去。吃喝拉撒我全包了，保证不用你操心。”

在古贺的再三乞求下，夏绘虽然一百个不情愿，却还是同意把猫留下了。

“但要说清楚，你可别让猫到处乱晃，绝对不能让它进客厅和卧室。我对猫毛过敏，一碰到猫，鼻子就发痒……阿——嚏！哎哟，孩子她爸！你身上咋都是猫毛？快出去掸掉！”

“啊！好好好。”

古贺出门处理身上的猫毛，一副狼狈的样子遭到了邻里异样目光的打量。凭什么？我堂堂一家之主，为什么要受这种气？老虎不发威，当我是病猫吗？

夏绘正在厨房里准备晚餐，她的背影似乎燃烧着熊熊火焰。

算了，我也没资格抱怨。古贺瞬间泄了气，灰溜溜地走进二楼的杂物间，打开了宠物箱。

可是，猫却缩在箱子里不肯出来。古贺打开了从诊所拿回来的袋子，里面装着猫粮、水盘、猫砂盆等一整套养猫的必需品。他在榻榻米上盘腿坐好，开始阅读说明书。

“五圆，雌性，约三岁，混血。早晚各喂一次，适量即可。饮用水常备。及时打扫粪便。基本无须特别照料。就寝时，请将猫猫的房门关好。若猫猫对封闭环境表现出烦躁情绪，请将家中的门打开供其自由出入。谨记。”

内容很简单。不过，门是开着还是关上呢？不能让猫蹿到夏绘身边，所以肯定不可以一直开着门。看来晚上只能关上门了。

白天倒是可以开着门。古贺从水龙头接了些水，往食盘里装了猫粮，放在了房间一角。

“然后该干点儿什么呢？”

古贺开始在手机上搜索如何养猫。这时，猫从箱子里露出了一只小耳朵。它眨着大眼睛，打量了一圈这个陌生的房间，而后迈着优雅的步伐“登场”了。

果然是只混血的猫。毛色黑棕相间，爪子和脖子上点缀了几片纯洁的白色。虽称不上美，却充满了力量感。

那双浅绿色的眼睛，如晶莹的茶汤一般灵动清透，瞳孔中间竖着一道黑色的线。眼角向上吊起，充满野性。四肢修长，身材纤细却紧实。看着这只猫猫，古贺不禁联想到轻量级的拳击手。

“哎哟，你这小家伙，不是小母猫吗？怎么看起来还挺矫健啊。说明书上说你是混血，那到底是什么品种呢？”

古贺在网上一番搜索过后，觉得眼前这只猫最有可能是一只玳瑁猫——聪明、警戒心强、富有同情心。

不知不觉，猫猫已经来到了古贺的身边，静静地凝视着他。那双淡绿色的眼睛，仿佛能看透一切。

“你……你要干什么？怪吓人的……那个，你叫五圆是吧？五圆，我是你的主人，知道吗？在这个家，我说了算，你不许到处乱抓乱挠，听到没？”

五圆眼神冷漠，稍稍偏过头，果断扔下唠叨的古贺，选择去角落里享用猫粮。古贺倒是松了口气。因为网上说，如果猫三天不进食，就必须带它去看兽医。

“哦，我知道了！诊所能放心把猫猫寄养在病人家里，应该是事先调教过猫猫。话虽如此，这也太离谱了吧……这家伙真能让我睡个好觉吗？”

猫背对着古贺，“嘎吱嘎吱”地嚼着猫粮。纤长的尾巴轻轻摇晃，左一下，右一下，左一下，右一下……这条尾巴似乎真的有催眠效果，再加上这几个月的辗转难眠，一阵睡意悄然袭来，古贺的眼皮越来越重……

“喵喵喵——”

“喵喵喵——”

即便古贺塞上耳朵，用被子蒙住头，也还是无可奈何。

最后，他实在受不了了，便从被子里爬了出来。

这都第几次了！

房间里一片漆黑，五圆正对着一扇小窗户叫个不停。夏绘对猫毛过敏，所以古贺不能把五圆带到卧室一起睡。可他又觉得，这只猫猫来自己家，本就是为了治好他的失眠，分开睡实在过意不去。于是，他干脆带着自己的被褥，来杂物间和猫做了室友。

一开始，五圆非常乖巧。它用爪垫一下一下捋平褥子的一角，看起来像在给褥子做按摩。那活泼灵动的身影，甚至让五十多岁的古贺心中泛起了阵阵涟漪。他的脑海中，不禁浮现出女儿小时候的样子。

可是没过多久，一阵阵哀号便惹得他心烦不已。五圆一直叫个不停。古贺怀疑它哪里不舒服，就在手机上一通搜索。

原来，猫一般会因为不适应新的生活环境，出于压力而彻夜哀号。

看来，突然被带到这个陌生的家，因为不适应，五圆也失眠了呀……

古贺原本十分同情五圆，可两个小时、三个小时过后，他终于熬不住这一阵阵噪声的折磨了。

“喵喵喵——”“喵喵喵——”五圆对着窗户，一直叫个不停。

“我的小祖宗啊，你别叫了！我明天还要上班啊！”

以前，虽然古贺经常都睡不踏实，可至少一躺下就有困意，迷迷糊糊间也能勉强睡一会儿。等天一亮，闹钟响起，他便起床。虽然睡眠时长很短，但也不算彻夜未眠。

可是，这一晚却不一样，他完全无法入睡。以往，他总在浅眠时梦到中岛雏子，听她在自己的梦里还一直嚷嚷着“真不错”。而现在，五圆的喵喵叫，却代替了这声“真不错”，成了他新的噩梦。

“喂！安静！为什么不睡觉啊？只有一床褥子很冷是吗？”

古贺在漆黑中摸索着，将一件睡袍扔到了五圆身上。可是，它仍然执拗地叫着。古贺崩溃了，只好用被子紧紧盖住头。

睡觉！睡觉！睡觉！

“喵喵喵——”

快点睡……快点睡……再不睡会儿，身体要吃不消了。

“喵喵喵——”

不知不觉间，窗外已是一片明亮。直到这会儿，五圆终于窝在睡袍里，闭上了眼睛。闹钟响起，它也漠然置之。

没睡着！一秒也没睡着！

古贺的眼睛布满血丝，头发乱糟糟的，胃里翻江倒海。他在洗漱台前止不住地干呕。夏绘皱着眉问道：“孩子她爸，那只猫怎么办？我可照顾不了它呀，我碰不了猫的。”

“呕……没事，我放了猫粮和水，猫砂盆也处理干净了，让它自己待着就行。等我回来再照顾它……呕……”

“可是……唉，总不能一直把它关在房间里吧？有点儿残忍了……”

那就把家里的门都打开啊！

古贺的脑袋里一片混乱，甚至不清楚自己有没有将这个想法说出来。他摇摇晃晃地收拾好自己，在心里破口大骂：什么药效超群！我就不该信那个庸医的鬼话！

古贺到了公司。像往常一样，中岛雏子依然来得比他早。

“古贺主管，早上好！”

雏子洪亮的声音在他混乱的大脑里回响。

“哎哟，这领带真不错呢！您看起来年轻了许多呢！”

古贺还没来得及开口，雏子又朝着刚来的员工问好。

“早上好呀！哇，你剪刘海了，真不错呢！很适合你。”“早上好！哇，新鞋子呀，好看好看。真不错呢！”“早上好！昨天熬夜加班辛苦啦！报告我看了，写得太棒了！很好，很有干劲，真不错呢！”

“她可真能夸！”古贺坐在自己的位子上喃喃自语。

“虽说昨晚彻夜未眠……但也算是有点儿疗效，至少逃过了一次‘真不错呢’噩梦。”

雏子自上任以来，每天都是一副浮夸的样子。不论对方职位高低，她总能一眼就挑出微小细节上的变化，一个劲儿地就是夸。员工的打扮和工作态度的一点点变化，都会引起她一连串的夸赞。甚至便当的食材，或是果汁的品牌，她都能向对方夸上一句“真不错呢”。

“哪来那么好的精神头啊……她不累，身边的人也该听累了吧。”

古贺面前坐着的，正是客服中心的部长福田，他也发起了牢骚。这位消极主义者对工作总提不起干劲。看来，他和古贺一样，都对雏子有意见。其实福田也不太能适应职场氛围的这种变化吧。

“我真搞不懂，东京总部为什么突然塞这么个人进来。就算是因为我们这儿离职率过高，派她来难道就能解决问题了吗？谁来当这个上司都一样，该辞职的不还是要辞职。”

“嗯……”古贺含糊地应声道。

若是在平时，这种时候他一定会暗自得意。今天或许是因为困了，他没能和福田一起抨击雏子。而雏子依然干劲十足，和所有员工一一问好。

“算了，反正她的耐心迟早会消耗殆尽。虽然我不知道她是想改革还是想干什么，但只要最后没弄出什么名堂，总部肯定会重新考虑她的去留。总之，希望她别搞什么幺蛾子出来。”

古贺不想应付对雏子阴阳怪气的福田，便选择保持沉默。

对于福田，他称不上喜欢或讨厌。雏子是福田的副手，从东京只身来京都赴任。连猫都会因为不适应陌生的环境而失眠，那雏子又如何呢？为了尽快适应环境，她应该付出了许多心血吧……难道自己不能对她友善一些吗？

原来，自己其实对雏子是有些偏见的，和福田没什么两样。

大概都是因为“真不错呢”这句口头禅吧……

古贺因为睡眠不足，整个人摇摇晃晃的，强撑着做完了工作。午饭时间，他像往日一样来到公司食堂，孤零零地缩在角落吃起了便当。而雏子正被一群女员工围着，互相分享着日常的琐事。

“雏子姐，你看，我家孩子参加运动会了呢！”

一个女员工将自己的手机递到雏子面前，雏子夸张地睁大了眼睛。

“哇，是小莉娜！上二年级了吧？跑得真快呀！”

“雏子姐，你看！这是我家孩子参加的钢琴演奏会！”

“小泉真不错呢！这裙子也太漂亮了吧！小泉将来肯定会成为出色的钢琴家！”

女员工们将自己录的视频、拍的照片分享给雏子，她也耐心地一一回应。雏子的身边总是那么热闹。在她上任前，古贺从没见过员工们在公司里这般热情洋溢。

“真不错……真不错呢！真不错，真不错呢！”

睡觉！睡觉！睡觉！

“喵喵喵——”

等他回过神来，才发现自己干瞪着眼睛，人早已神游天外。

隔壁桌坐着两位年轻女员工，两个人正在一起对着手机咻咻地笑着。

“嘻嘻，这一套，不错吧？”

“哇！还真不错，你对象肯定喜欢。”

“嘻嘻，嘻嘻。”

“喵喵喵——”

古贺感觉自己的眼皮越来越重，困得快翻白眼了，甚至都幻听了几次。我怎么可以败给雏子这个女人！不就是一句“真不错呢”

吗，我也会说！总之，夸就完事了，就像雏子一样。

古贺努力站稳，来到了两位女员工的身后。

“真不错啊，这个！真不错哇！”

两个女员工被古贺吓了一跳，一脸震惊地转过身。手机屏幕上，是一套性感的红色蕾丝内衣。

女员工们绷着脸，对古贺投来了“死亡凝视”。

“真不错啊，这个天气……真不错哇！”

古贺慌忙移开视线，假装望向远方。一瞬间，他浑身直冒冷汗，飞快逃离了现场。一想到她们可能正在背后嘀咕些什么，他就吓得不敢回头。

真不错呢，真不错呢！

可恶，到底有什么不错的呢？自己简直像个傻子一样。古贺不觉咬紧了嘴唇。

他倒不是在模仿中岛雏子。只是因为几乎没睡，脑袋也变得昏昏沉沉的。

今天一定要把那只猫关到别的房间里去。

古贺愤愤地想着。一回到家，他就听到了欢笑声。是夏绘和笑里的声音。两人在客厅里有说有笑。

“我回来了。”他小声说道，两人却都没回头看他。

聊什么这么开心呢？古贺伸长了脖子，想一探究竟，原来是五圆正躺在客厅里的毯子上。

"啊，孩子她爸，你回来了啊？"夏绘朝古贺瞥了一眼，马上又转向五圆，说道："五圆真可爱呀，真是个乖宝宝。"

夏绘轻轻抚摸着横躺在地板上伸懒腰的五圆。它一脸漠然，但也没有反抗。夏绘既没有打喷嚏，眼睛也没有红肿。

"你能碰猫了？不是对猫毛过敏吗？"

"我去了趟医院。医生看我过敏得这么厉害，就开了眼药水和口服药。医生还说要定期梳理猫毛、勤打扫卫生间，所以我把猫砂也换了。五圆真是可怜啊，被关了一整天。孩子她爸，你怎么那么狠心呀？"

"哪有，还不是因为你说不要让它在家里到处乱跑……"

古贺一看，那张诊所的说明书已经放在了桌子上，食盘和水盘也都被移到了起居室里。

"爸爸，我们要养这只猫吗？"

笑里满面笑容，把古贺吓了一跳。女儿多久没有这样对自己笑过了？自从上大学以来，不……大概是从高中开始，女儿就偶尔才会和自己说几句话了。

"不行呀，它只是暂时寄养在我们家，过几天就要送走。"

"这样啊，要是能一直养在家里就好了。实在是太可爱了！光是看着它，心情都会变好呢。"

笑里也一下又一下地抚摸着五圆。五圆就这样静静地趴着，乖乖"献"出自己柔软的身子。

“哎呀，妈妈，就养着它嘛。我来照顾！”

“你也就嘴上说说。你又要上学又要参加社团活动，忙得很。到头来照顾它的人还不是我？”

“不会的不会的，我一定会好好照顾它的。是吧，五圆？”笑里用两手托起五圆的脸，五圆的身体一下子被拉成了惊人的长条状。

“妈，你快看！好有意思！这么长！”

“真的啊，好神奇！”

母女两人聊得很开心，古贺却觉得，自己和她们不在一个频道。

公司也好，家里也罢，都只有自己是局外人。

笑里开心地抱起五圆：“五圆，今晚在我床上一起睡吧！”

“不行！”

古贺想从笑里怀里夺走五圆。不过，这个姿势下的五圆，身体确实长得离谱，根本无从下手。费了一番功夫，古贺硬是把五圆抢了过来。

“这是寄养在爸爸这里的猫，所以得跟爸爸一起睡。”

“啊？”笑里的脸色开始稍有不悦，夏绘也皱起了眉头。

“爸，别那么小气嘛。”

“不行不行，五圆要睡在爸爸的房间里，是不是？今天也跟爸爸一起睡吧。对咯，五圆跟爸爸最好了，最喜欢爸爸了，对吧对吧？”

夏绘和笑里惊呆了。

古贺抱着五圆便不肯再撒手。吃完晚饭，洗过澡后，古贺带着五圆回到了二楼。被子和团成一团的睡袍还是昨天的样子，乱糟糟的。

尽管如此，古贺心里却有一种奇妙的满足感。一回想起母女俩刚才目瞪口呆的样子，他的心里又产生出一种莫名的快感。

哼哼，活该！谁让你们总忽视我这个一家之主。

“五圆，好乖乖。你都来了两天了，今天该好好睡觉了哟。”

话音刚落，五圆就用浅绿色的眼睛向上看了看古贺，好像听懂了他的话。

但，这只不过是他单方面的天真想法。

“喵喵喵——喵喵喵——”

那天晚上，五圆还是一个劲地叫唤。

就算古贺塞住耳朵，用被子蒙住头，也无法阻止凄惨的猫叫声传入耳朵。

要不把它赶出房间吧……

要不自己躲进卧室或者客厅里？可毕竟已经在妻子和女儿面前夸下海口，要是被她们发现了，多没面子啊……

结果，又是一夜未眠。第二天早上，正在洗漱的古贺被夏绘吓了一跳。

“孩子她爸，你看起来脸色不太好啊。要是觉得不舒服，今天就和公司请个假吧。”

“呕……今天公司要开会，请不了假。对了，帮我照顾一下五圆啊，我白天没时间，呕……”

“这倒是没问题，但你可得多注意身体呀。你看你，都站不稳了。”

“我没事，没事的……呕……”

古贺已经困得随时都翻白眼了，但还是硬挤出一丝微笑。

喵喵喵——真不错，真不错呢！

喵喵喵——这张照片真不错呢！

“先生——先生——”

是谁在吵吵闹闹？自己现在可是在忙着夸大家真不错呢。

古贺沉浸在美梦中，不禁咧嘴一笑。

他现在心情非常好，整个人轻飘飘的，就像漂浮在天空中。

“先生快醒醒！”

古贺被晃着肩膀，醒过神来。乘务员正看着自己。

“嗯？”

“先生，电车已经到终点站了。”

“啊？好……好的！”古贺慌忙下了电车，愣在了原地。

眼前是从未来过的站台。原本，他应该在京都站的下一站下车，看来是坐过站了。自己今早困得快站不稳了，便避开拥挤的快车，选了一趟有空座位的慢车。如此看来，这是一个错误的决定。古贺担心，自己可能会迟到一会儿，便看了一眼手表。

“啊？！”

他难以置信地揉了揉眼睛。一开始他还心存侥幸，也许是因为自己没睡好，眼花了。可不管揉了多少遍眼睛，眼前的指针还是毫无变化。车站的时钟也显示，现在已经十点多了。自己从京都坐上电车，经过大阪，一路来到了兵库。

居然已经迟到一个多小时了！

古贺在站台上，抬头望向蓝天，灿烂的阳光洒落在身上。是啊，太阳都升起这么高了。古贺就这样眺望了好一会儿天空。时间不能倒流。于是他下定决心给上司打了个电话，撒谎说自己突然身体不舒服，要请假休息到中午。

这也太丢脸了。麻烦事接二连三，全都是那个庸医害的。古贺咬了咬牙，乘上了去京都方向的快车。不当面抱怨几句，他实在咽不下这口气。他一路坐到京都站，下车后快步穿过京都狭窄的街道，直奔中京心灵诊所。

那个名叫千岁的护士正在前台，一本正经地端坐着。

“古贺先生，您需要‘服用’十天猫猫处方。”

“‘服用’、‘服用’，说得好像是真的药一样！”古贺咬牙切齿地埋怨道，“都怪五圆那只破猫！害得我一点儿觉都睡不了！”

“如果您需要更换处方，请直接咨询医生，请进诊室。”

听到这个冷淡的回答，古贺把快到嘴边的话咽了回去。他最不擅长对付这种女人了。于是，他赶紧走进了诊室。

“你好呀，古贺先生，看起来您睡得很不错呀。”

“啊？”本来冷却了几分的头脑，再次被“点燃”。

“好什么好？我根本没睡！这两天，它一直喵喵喵叫个不停，我可是一分钟都没睡啊！”

“一分钟也没睡？”

“对啊！一分钟！都没睡！”

“那就怪了呀。”医生歪了歪头。“古贺先生，您的头发乱糟糟的，衣服也没打理好，嘴边好像还有口水的痕迹。我还以为，您刚从美梦中醒来呢。您的脸色也很不错，看起来应该是睡足了觉呀……好吧，一分钟也没睡，这两天一点儿都没睡着是吗？”

医生似乎怎么也想不通，不停摇晃着脑袋。

自己原来是一副刚睡醒的样子，被医生一通描述，古贺也有些茫然。至少应该在车站的卫生间照照镜子的。自己也确实在摇摇晃晃的电车中沉沉睡了好几个小时，把这些日子缺少的睡眠都补了回来，感觉浑身舒畅了很多。

“您有做梦吗？”

被医生一问，古贺愣住了。

“什么梦？”

“就是噩梦呀。您不是说，总在梦里听到其他人的声音吗？猫猫帮您改善了这个问题，不是正好吗？”

医生的反问直击要害。

“这……”

这样想来，这两天虽然没睡着，但也因此没有被烦人的梦缠上。在来这家诊所之前，古贺每晚都会做噩梦。梦里，雏子一声声尖锐的“真不错呢”像机关枪一样在他的脑袋里扫射，迸射的弹壳化成别人的嘲笑与自己的苦笑，继续折磨着他。

刚才在电车上，做的梦也是相当不错，自己毫不犹豫地竖起大拇指，“真不错呢”脱口而出。不仅是自家的夏绘、笑里，就连很多公司员工也在梦境的大舞台上登场了。他一夸“真不错呢”，大家就都开心地笑了。

见古贺默不作声，医生又歪了歪头。

“嗯……您要是实在不满意，可以换一份猫猫处方。”医生敲起键盘。“我们这边还有别的猫猫可以替换，疗效也是一样的。”

“请……请问……”

“有什么问题吗？”

“虽然我说猫没什么用，但是你二话不说就把它换掉，它是不是有点儿太可怜了？”

“有吗？但是这副不行就换另外一副，这不是很正常的事情吗？替代的要多少有多少。”

医生微笑着，一脸平静地说道。

古贺已经搞不清楚，这个医生是在说猫，还是在说处方了。换成公司的待遇和员工，好像也没有错。

这番话刺得古贺胸口发痛。眼看着医生又敲起键盘，他不禁焦躁起来。

“要不让五圆继续待在我这吧。我老婆和女儿都很喜欢它，不用再换了。还有八天时间，就算睡不够，我忍忍就好了。”

“这样啊，我明白了。那么，请您继续‘服用’这只猫猫，但是‘服用’方法需要稍微调整一下。请带上这张处方，去前台领东西。”

古贺收下医生开出的处方，离开了诊室。接待处空无一人的沙发，静静地守护着这片空间。

“古贺先生。”护士在前台喊道。他交出处方，拿到了一个纸袋，里面装着一个用旧了的靠垫。

“这是什么东西？”

“这是那只猫猫平常一直睡的小床。在归还猫猫的时候，请把这个靠垫一并交还。请不要忘记。”

她的语气虽然冷淡，但话语逻辑清晰。这位护士看起来相当年轻，说话却让人有些背脊发凉。

就这样，到了下午，古贺带上靠垫去了公司。

虽然赶上了开会，但福田一脸的不满和雏子关切的询问，都让他觉得十分没面子。

但一回到家，古贺心中的阴霾顿时一扫而空。夏绘和笑里像往常一样，在客厅里有说有笑。不过，这次五圆也在。两人被它逗得喜笑颜开，满脸明媚地看向古贺。这一刻，他感受到了久未感受到的家的温馨。

五圆正躺在地板上悠闲地伸着懒腰，本就纤细的身体被拉得更长了。听见古贺的声音，五圆敏捷地起身，跑到他的脚边。

“哎哟，五圆好呀！不错不错，还知道出来迎接主人啦。”

得到夸奖的五圆兴奋起来，耸动着小鼻子，在古贺身边到处嗅闻。然而当鼻尖凑近古贺的脚时，五圆突然瞪圆眼睛，张大嘴巴，一脸错愕地僵在原地。它毫不掩饰自己满脸的诧异，就差直接开口指控古贺的脚在释放毒气了。也只有在猫脸上，才能看到这样赤裸裸的嫌弃。

“你这是什么表情嘛！”

“这好像叫费洛蒙反应。”笑里拿出手机查了查，继续说道，“猫猫一闻到特殊的气味就会这样。五圆，你好可爱呀！再来一遍，再来一遍！爸，你快把脚再给它闻闻。”

“拉倒吧！你看它那样子，好像我的脚有多大味道似的。伤人，太伤人了。”

真是没礼貌！古贺不信邪，闻了闻自己的脚。在皮鞋中发酵了一天的汗脚，的确散发着“致命”的气息。

“要命……这也太臭了，怪不得猫都嫌弃了。”

“它应该不只是闻到臭味才这样的。它可能在思考，到底是谁发出的这种味道。爸，你把脚挪开点儿，我给五圆照相呢！”

“这有什么可拍的呀。”

虽然被嫌弃碍事，但能和女儿多说两句话，古贺还是很开心。此时，五圆对古贺拿回来的纸袋，也展现出了浓厚的兴趣。古贺见状，从纸袋里掏出一个能当猫窝的粉色靠垫。靠垫表面已经有些起球，看起来洗过很多次。

“这是什么呀？好像都用旧了。”夏绘问道。

“猫窝啊。五圆晚上总不好好睡觉，给它用这个的话没准能睡着。五圆，看呀，我把你的小床拿来咯。”

五圆将鼻尖凑近猫窝。闻到了熟悉的气息后，它再次把眼睛瞪得又大又圆，小嘴巴也张得大大的，俨然一副震惊的表情。

“太好啦！就是这样，五圆！保持住！”笑里连忙将镜头转向五圆，按下了快门。

“哎呀，爸！脚，脚！挡住它了！”

“啊？又开始拍啦？”

古贺慌忙移开了双脚。奈何五圆已经换上了一副若无其事的表情，恢复了优雅的坐姿。

“真是的！好不容易才抓拍到这么可爱的画面，结果老爸你的脚还出镜了！应该能用修图软件处理掉吧。等等，就这样好像更搞笑呢。文案就写……老爸的臭脚把猫猫熏出表情包！”

笑里笑着开始打字。虽说这双臭脚是意外出镜，但这也算自己的照片把女儿逗笑了吧。古贺不禁有些窃喜。一旁的夏绘看着父女两人的亲密互动，嘴角也不觉微微上扬。

笑里抱起五圆，让它仰面躺着，然后用手抚摸起它的肚子。

“对了，老爸。你知道这只猫为什么叫五圆吗？”

“说明书上写了吗？”

“不是啦！我是说这个名字怎么来的。来，听我给你分析分析。它身上不是有几块白色的毛嘛。肚子上，这里有两块，爪爪上有一块。”笑里又把五圆翻了个面，指着它的背部继续说道，“屁股和后背上各有一块。一共五个白色的圆圈，所以就叫五圆啦！”

“碰巧而已吧。而且看着也不是很圆啊。”

“绝对没错！最开始肯定是圆的，后来五圆长大了，圈圈也变形了呗。”

“是这么回事？”

“肯定是！”

上一次一家三口为同一件事情开怀大笑，已经不知道是在多少年以前了。看来，不管在哪个年龄段，人们对可爱的事物都毫无抵抗力。有了共同的爱好，自然就能引出共同的话题。伴随女儿成长而消逝的那些东西，好像不知不觉中又回来了。

"怎么能说没屁用呢？"

之前在诊所被古贺小瞧的猫猫，却一点一点地为这个家带来了变化。夏绘听见古贺喃喃自语，装模作样地皱起了眉头。

"哎哟，孩子她爸。你放屁了？去去去，快离我们远点。"

"哪有啊！我可没放！五圆，你又来？"

母女俩一看，五圆小小的猫脸上又充满了难以置信。笑里也配合着皱起眉头，用手捂住鼻子。

"完了，好臭好臭！五圆，咱们快逃！"

"哪臭了！我明明没放！好啊，你们三个，合起伙来欺负我是吧？我碰巧说说而已，又不是真的放！"

笑里早已抱着五圆上了二楼，夏绘也躲去了厨房。刚才还欢声笑语的客厅，转眼便只剩下古贺孤零零的一个人了。

那天晚上开始，古贺便按照说明书，一直敞着所有房间的门。从那之后，家中每个角落，都有可能见到五圆熟睡的身影。

它有时会在客厅的猫窝里缩成一团，有时会钻进笑里的被窝，还有时会挤进夏绘的枕头和床头之间的缝隙。

到此为止，都还算得上温馨的画面。但接下来的场景，可就是另一回事了。每当五圆在古贺身边入眠时，它都要和古贺来个零距离接触。

五圆总喜欢趴在古贺的胸口上，怎么甩都甩不掉。真的很重。没办法，古贺只能换个姿势，也趴着睡。但这样一来，五圆又趴到他的背上去。古贺继续变换姿势，五圆也跟着调整战术，使劲往他腋下拱，让古贺翻身不得。

无可奈何的古贺只能双手抱胸，直挺挺地睡去。即便如此，他仍然难逃一劫。五圆索性横躺在他的脖子上。睡梦中，古贺感到十足的分量在压迫自己的喉结。早上睁开眼睛的时候，总会发现自己吃了一嘴猫毛。

这一天，五圆将古贺前一晚挂起来的外套扯了下来，舒服地窝在里面睡了一觉。上班时要穿的外套，被改造成了“猫毛大衣”，这又引得母女二人一阵大笑。

“怎么回事？这小家伙怎么净欺负我！”

“可是老爸，我把你这件‘潮流服装’发到网上后，收到的点赞可是真不少啊！果然，这就是猫猫的实力，浏览量直接翻倍！”

以前，全家人吃完晚饭，就会回到各自的房间。五圆来了之后，三人便总是不约而同地凑到它跟前。

笑里又拿起手机，对着五圆拍个不停。古贺为了抓拍到精彩瞬间，也笨拙地撅着屁股趴在地毯上。父女二人不经意的对话，却深深触动了古贺的心。

“动不动就‘真不错呢，真不错呢’，听着怪敷衍的，有什么意思啊。”

“老爸，那你可说错了。你不知道吗？”

“啊？知道什么？”

“夸奖也是一门艺术。”

笑里趴在地毯上，给五圆拍了个近脸照。古贺看着镜头里的五圆。女儿的话让他有点儿不爽。

“这算哪门子艺术？不就是逢场作戏吗？随便说两句就行。衣服好好看啊，发型真不错啊之类的。”

“老爸，你可大错特错啦！这个度的把握，可是很讲究功夫的哟。”

“怎么个讲究法儿？”

父女俩把五圆夹在中间，举着手机的手一直保持着相同的姿势。两人一边说着话，一边还不忘紧盯着屏幕。

“你的眼神和语气其实都会暴露自己的真实想法。别人一看就知道，你到底是真心的，还是在说场面话而已。评价别人的穿着是最难的。如果说错话，对方说不定以为你在嘲讽他。老爸，你更得注意。搞不好可容易被当成性骚扰！”

“性……性骚扰？”

古贺这种中年领导，一听到这个词就心惊肉跳。他想到前几天的红内衣事件，只能默默祈祷自己没被当成变态。

“就算是发自内心的夸奖，也需要有动力才行呀。比如说，要是赶上自己心情不好，连手机可能都懒得玩。这时候别人发来一个你压根不感兴趣的视频，你肯定会觉得心累。但你又不能假装没看见，只好敷衍两句。”

“哎哟，我们笑里真是长大了。”

听了母亲的话，笑里耸了耸肩。

“但也要换位思考嘛。大家都想把自己喜欢的东西分享给别人，都想得到别人的认可。如果能让对方感到幸福，那就算是一句简单的赞美，一个普通的点赞，也是有意义的啊！老爸，要不你也试试把五圆的照片分享给公司的女同事，怎么样？猫猫的魔力可是不容小觑哟。”

笑里笑着说道。女儿的语气像个小大人一样，竟然让古贺十分惊讶。他顿时感到豁然开朗。

公司里一切如常。午饭时间，员工们还是围着雏子，兴致勃勃地说着自己的事情。不过，看着一边微笑一边夸赞员工们的雏子，古贺却不再感到焦虑了。相反，他甚至开始佩服起雏子为人处世的老成。不知不觉中，他已经摆脱了噩梦和失眠的困扰。这好像不只是猫的功劳。他解开了自己的心结，不再感到自卑。那一声声“真不错呢”，也没有在他耳边再度回响。

公司走廊的一处角落，之前一直被大家当成吸烟区。这天，古贺发现雏子正一个人在那里休息。她背对着古贺，看向窗外。

古贺决定把握住这难得的机会。他确认四下无人后，走到了雏子身边。

“中岛副部长。”

“啊，古贺主管。”

“那个……你看看这个。”古贺怯生生地掏出了手机，“这是我在家拍的视频，你有空的话，要不要看看？怎么说呢，我觉得挺治愈的。”

“啊……我记得您家的孩子，也还挺小呢吧？”

雏子笑着，却难掩脸上的疲惫。

突然，她深吸了一口气。

“抱歉抱歉！看我说什么呢……我刚才有点儿迷糊。是您家小孩的视频吗？我好想看看。”

雏子的笑容还是一如既往的灿烂。看了古贺手机里的视频，她笑得更开心了。

“啊，原来是猫猫啊！古贺主管，您养猫吗？”

视频里的五圆正在熟睡。它像人一样直挺挺地仰面朝天躺着，两只前爪在胸前叠在一起，长长的尾巴从两条后腿中间延伸开来。这简直跟古贺与它斗智斗勇时的睡姿一模一样。

“啊哈哈！您家的猫猫竟然是这样睡觉的吗？”

“没错，是不是像法老一样？”

“这也太可爱了吧！真不错，真不错呢！”

雏子放声大笑，笑声听起来比以往更加轻快。她睁大眼睛，饶有兴致地盯着屏幕。古贺则望着眼前的雏子。

夸奖别人是需要动力的。女儿说的没错。雏子从东京被调来这里，肩负起管理全体员工的职责，她必须做出些成绩来。然而她手下的男主管，非但不配合，还对她怀有偏见。她也有疲惫不堪的时候吧……不想赞美别人，只想一个人静静地待着的时候。

“小动物真是能治愈人心呀。”雏子一边看视频一边说。她的笑容中，还是流露出些许倦意。

“我挺喜欢小孩子的。但我一直是单身，所以有时候我也不知道该怎么面对大家的分享。不过，应该也没人在意我的评价吧……”

“怎么会，大家都很开心啊。”

古贺没想到，自己竟然会发自肺腑地说出这句话。

“你的赞美让大家都很开心啊。你做得非常好，我觉得你做得真的非常好。”

古贺的话让雏子愣了一下，她不好意思地笑了笑。

“哎哟，我也被表扬了呢！确实啊，夸奖真的能让人开心。”

没错，是真的。对古贺来说，迈出这一步需要勇气。但如果能让彼此感到愉快，又何必吝惜一句简单的赞美呢？

“对了，还有这个。你再看看这个。”

古贺找出了五圆一脸震惊的视频。雏子恢复了平时的状态，用夸张的语气夸赞道“太可爱了”。古贺还有些惊讶于雏子状态转变得如此之快，抬头一看，原来，是员工们又围在了她的身边。在家里的时候，三人也总是围着五圆转，简直和这场面一模一样。宠物的确拥有抚慰人心的力量。

这一天是节假日，许多孩子跟着爸爸妈妈来到商场逛宠物店。店里宽敞明亮。小狗在护栏里欢快地跑来跑去，小猫也享受着自由的空间。它们看起来毛茸茸的，像玩具一样可爱。有的猫正在嬉戏玩耍，有的猫趴着睡觉，全然不顾橱窗外那一张张好奇又兴奋的脸蛋。

店员们抱着小猫小狗，一察觉到客人的视线，便立刻上前请他们摸摸怀里的小可爱。古贺受不了如此热情的招待，只想躲得远远的。

笑里将手贴在窗玻璃上，细细地打量着里边的猫猫幼崽。浅棕色的毛发纤长蓬松，绿色的大眼睛像极了纯净的宝石。

“妈妈，你看！这只猫猫好漂亮！”

“是啊，真漂亮！但你不是说想养苏格兰折耳猫嘛。你看这只，虽然品相没那么好，但也挺可爱呢！”

一开始，古贺还耐着性子陪老婆孩子一起选猫，但没过一会儿，他就完全没了兴致。猫的种类繁多，有些名字又长又拗口，价格也实在夸张。笑里和夏绘忙着和店员打听，古贺便趁机坐在了角落的沙发上。

五圆离开后不久，夏绘就提出要养一只猫。五圆在家里仅仅待了十天，却在每个人心中留下了难忘的回忆。它的存在逐渐改变了整个家的氛围。而这十天里，和五圆相处时间最久的莫过于夏绘。小家伙离开后，她的心像是破了个洞，那股缺失感让她寝食难安。

古贺回想起送还五圆时的情景。

诊室里，他把宠物箱还给医生，还特地问了问："五圆回去后，能过得好吧？"

"什么？"医生歪了歪脑袋。

"啊……其实是我媳妇，她很舍不得。她说五圆的小床都洗得发旧了，觉得它应该有个细心的好主人。我也有些好奇，就想问问。"

"这样呀。是的哟。猫猫不在意东西有多贵，却很在意上边的气味。您放心好啦，五圆的家人会好好照顾它的，肯定能让它睡得饱饱的。"

医生的回答简单且随意，但他接过箱子的动作却十分柔缓。五圆趴在箱子里，没有一丝依依不舍的意思，甚至有种神清气爽的感觉。那双浅绿色的眼睛依然清澈明亮。

宠物店里的猫身上没有圆斑，也都是些幼崽。古贺更希望养一只浑身充满力量感的猫，就像五圆那样。可是，把猫当作商品一样挑选，真的好吗？

"爸爸！爸爸！"

笑里和夏绘走了过来。看来她们挑选好了。古贺拖着疲惫的身子站了起来。

"不用给我省钱，你们选自己喜欢的猫猫就行。没事，现在这辆车凑合凑合也能熬到下次车检。"

"不是的。"笑里看了看周围，表情有些复杂。"这里的小猫小狗都很可爱，而且客人也很多，就算没有我们，小可爱们也可以找到一个温馨的家。所以我在想，我们别在店里选猫猫了，去这里吧！"

笑里拿出了自己的手机。乍一看，古贺以为这是别家宠物店的主页，但仔细一瞧——

"流浪猫救助中心？"

"嗯。我的同学从这里领养过猫猫。今天正好有开放日，我们去看看吧！"

"救助中心吗……"

和收容所有什么不同吗？正好古贺也受不了宠物店的嘈杂，便听从笑里的建议，开车前往流浪猫救助中心。

这家流浪猫救助中心名叫"京都之家"，是由动物保护协会经营的，开在了一个离市区稍远的僻静地方。虽然从外边看上去像建材超市一样，没有什么特色，但里边算得上宽敞明亮，也没有想象中那样充斥着压抑和死亡的气息。为了方便参观，这里摆放着成排的小笼子，猫猫们正在里面歇息。今天来访的人很多，有带孩子来的，也有夫妻一起来的。

“这么多猫！都是流浪猫吗？”

“好像不全是。有些似乎受伤了，还有些是被弃养的。”

“弃养……真是过分！”

笑里和夏绘蹲了下来，仔细打量每一只猫。古贺便在救助中心里漫无目的地闲逛。除了大堂，其他地方也安置了许多猫。只不过，那些装猫的笼子上却贴着“正在治疗”“不可领养”一类的标签。大堂里供人参观的猫猫们，都有一身蓬松的毛，眨巴着闪闪发光的大眼睛。而其他地方的猫，有的脸上有着触目惊心的伤疤，还有的身上有些地方光秃秃的，显然不是自然的脱毛造成的。

古贺转了一圈回来，看到老婆孩子又从第一个笼子开始观察猫。

“这里的猫猫年龄都挺大的，有相中的吗？”

“虽然猫崽崽很可爱，但是也不太好养。再说了，我们都没正经养过宠物，也不知道能不能养好。”

“话是这么说，但年龄这么大的猫，会有人喜欢吗？”

“有的。”

听到身后有人回应，古贺转过身，瞬间瞪大了眼睛。

“你……你在这里做什么？”

眼前出现的人，正是那个奇怪的医生。在诊所时，他的脸上总是挂着淡淡的笑容，现在也是一样。不过，他没有穿白大褂，脚上是一双长靴，怀里抱着一只猫。

“你在这儿工作吗？难道你还是个兽医？所以来这救治猫猫？”

“您说什么？”面前的男人歪了歪脑袋。

没错了，这滑稽的歪头，也和在诊所时一模一样。

“我叫尾原，是救助中心的副部长。您刚刚问会有人喜欢年龄大的猫吗，是吧？我们这里的猫猫都很亲人，只要您愿意花些时间，愿意倾注感情，您一定会爱上它们的。请问你们之前养过猫猫吗？”尾原温和地说道。

笑里连忙推开古贺，回答道：“没有呢。前段时间倒是帮别人养过一只猫猫，它真的超级可爱！所以我就想试着自己养一只猫猫。”

“哈哈，那也是一段缘分呀。我们中心的领养条件没有那么苛刻。现在很多地方都不让没有养猫经验的家庭或是个人领养呢。但我们并不想让真正有心的人寒心，与其冷冰冰地拒之门外，倒不如敞开大门，让大家的爱心如愿呢。”

笑里痴痴地望着尾原那清澈的笑容。古贺满肚子怀疑，死死地盯着他。不管怎么瞧，眼前这个人明摆着就是那个医生。长相、说话的语调，还有那温柔中隐隐带着些淡漠的笑容，简直一模一样。

尾原怀里的那只棕黑色的猫扭了扭身子，朝古贺看了过来。那双浅绿色的眼睛像极了五圆。它的鼻子一边有一块黑色的大斑点，另一边有一条斜斜的条纹斑。脸上的毛色斑驳错杂。

“这是玳瑁猫吗？”古贺问道。

“它的白毛也不少，应该算是三花猫吧。可能是和虎斑猫的混血。是个女孩子，差不多三岁了。”

“这只猫也可以领养吗？”

“可以哟。这只猫猫很乖的，不过您也看到了，小家伙脸上的毛色有些杂乱，所以不太受欢迎呢。是吧，小六？”

尾原温柔地叫着猫的名字。猫猫耸了耸小鼻子，将脸凑了过去。古贺、笑里、夏绘，三人目不转睛地盯着这只猫猫。这里还有很多比它更漂亮、更惹人喜爱的猫猫，可不知为何，三人的目光却不约而同地被它吸引住了。

“它已经有名字了吗？”笑里问道。

“我们都用编号称呼这里的猫猫。这只小猫住在六号笼子里，所以我们都叫它小六。当然了，领养之后可以重新给它取名字哟。怎么样，要不要抱抱它？”

“可以吗？”

“来吧。”尾原将猫递给笑里。笑里有些僵硬地抱住了猫，不知怎的，她突然偏过脸，咯咯地笑了起来。

“哎呀，哈哈哈，好痒啊！”

原来，猫猫又耸了耸鼻子，正好奇地嗅着笑里的味道。笑里笑得不亦乐乎，古贺也不禁放声大笑了起来。

“它身上这么多花斑，编号是六，要不就叫它斑六吧！嘿嘿嘿。”

笑里一听，皱着眉头抱怨道："爸爸，你太坏了！居然抢先给猫猫起名字。"

"啊？我……我没有呀。"

"我还想给它取个可爱的名字呢，像摩卡呀，莓莓呀……"

"那叫摩卡还是叫莓莓呢？"

"爸爸一叫斑六，现在怎么看都觉得它应该叫斑六了……妈妈，你看这只猫猫。"

"哎哟，那看来只能叫斑六了。"

夏绘凑近小六，开心地笑了起来。猫夹在两人之间，好奇地左看看、右看看。

"如果想领养小六，可以试着和它相处几天，看看合不合适。你们可以去前台那边填一下表格。"

尾原指向对面。夏绘和笑里将猫递给尾原后，迫不及待地去填表了。看来，斑六要成为家里的一员了。

古贺时不时瞟一眼尾原的脸。

"请问……你真的不是那家诊所的医生吗？就是夹在六角街和蛸药师街之间的那家中京心灵诊所，那是家特别小的诊所。"

"那家诊所啊，我倒是知道。"尾原笑着说道，"'心医生的诊所'吧？主治医生叫须田心是吧？偶尔也会请他来我们救助中心的。"

"啊？你说的诊所……是治疗心理问题的那家吗？"

"心理问题？不是啊，我说的是中京区的须田诊所。"

两人的对话不在一个频道，尾原无奈一笑。

笑里和夏绘正好回来了。

“我们要把斑六……不对，把这只猫猫带回家试养几天。可以吗，爸爸？”

“嗯？好。”

古贺心不在焉地盯着尾原脖子上挂着的员工证，上面写着“尾原友弥”。他和那个医生长得一模一样，只是性格更加沉稳一些。既然他都澄清了，那应该不是同一个人吧。尾原将怀里棕黑色的猫递给笑里。

“小六，要和家人们好好相处哟。”

尾原说着，用指尖挠了挠猫的额头。猫猫舒服地闭上了眼睛。笑里将猫放进从救助中心借来的宠物箱里。她看起来心情很不错。

“我在网上分享了斑六的照片，文案是‘领养了一个宝宝，虽然还在试养期’，好多人点赞呢！咦，有人评论说‘斑六这个名字真好听’。哇，爸爸，有人夸你耶！”

“就是随口一夸罢了，你老爸才不会因为这点小事得意呢。”

实际上，某位父亲正在沾沾自喜。自己无意中取的名字，居然收获了这么多赞。同时，他也很满意，即便斑六不是玳瑁猫，但它和五圆一样充满了力量感，正是自己喜欢的类型。

古贺心想，等回到家，他也要拍照片、拍视频，然后分享给别人。

如果有人夸“真不错呢”，那他也要夸回去。斑六肯定会收到很多点赞，而且斑六的名字又是自己取的，这不就等于自己收到了很多赞嘛！古贺故作镇定地偷瞄集万千宠爱于一身的斑六，不由自主地翘起了嘴角。

故事

猫を処方いたします。

三

对不起，
竟然就那
样抛弃了你

中京心灵诊所

【处方笺】

采访者姓名：阿惠　　年龄：　　性别：女

身份：小学生的母亲

症状：因母女关系紧张而苦恼

【处方猫】

品种	性别	年龄	姓名
		两个半月	小小雪

医生：米奥　　护士：千岁

走过六角麸屋町街的拐角，南田阿惠在一个公园前停下了脚步。

她回头一看，在狭窄的街道的对面，女儿青叶也停了下来。看着女儿垂头丧气的样子，阿惠只觉得一股无名火涌上了心头。她深吸一口气，试图让自己冷静下来。

“青叶，快点走！不然就挡到别人的路了。”

阿惠冷冷地说道。青叶耷拉着脑袋走了过来，毫不掩饰自己的失落。

青叶今年已经上小学四年级了，却还是幼稚得像个三四岁的小孩子。眼下她一副无精打采的样子，倒显得自己像个不近人情的坏妈妈。今天白跑了一趟，阿惠实在做不到继续温声细语。根据女儿朋友们模糊的描述，母女俩才找到这里来，这里的确有一家医院，但不是她们说的那家。

“可是……理世和智美都说有的。纪子妈妈的朋友家的孩子也说，心灵医生的诊所就在这里。”

“但是刚才已经找过了呀。那不是咱们要找的诊所。”

阿惠知道自己也有责任，没有事先查好路线。但她还是压不住声音中的沮丧和冷意。

升入四年级后，女儿忽然就变得很难相处。之前青叶就一直抱怨，什么“上学好无聊呀”“学习好难呀”，现在更是成天挂着一张苦瓜脸。前几天她还说，想去什么中京区的心灵医生的诊所。

在阿惠看来，小学生没什么必要去看心理医生，她本来没把女儿的话放在心上。但和其他妈妈聊天时，阿惠还是委婉地提起了这件事。对方告诉她，现在就算是幼儿园的小孩子也需要心理辅导了。阿惠听后感到坐立难安。得快点带女儿去那家诊所，不然自己岂不是跟不上时代，成了一个不合格的母亲？

就这样，她在导航软件上搜索到了一家位于中京区的诊所，主治医生的名字叫须田心。

可是实际到了一看，那家诊所既没有心理科，也没有儿科，甚至患者也不是人类。诊所又旧又小，开在一条狭窄的小路旁，走进去只有一把长椅，旁边还趴着一条大狗。墙壁上贴着许多猫猫狗狗的照片，还有不少照片是宠物和主人一起拍的。

原来“心医生的诊所”是家宠物医院。虽然自己是迫于其他妈妈的压力才来的，但再怎么样，也不该完全听信一个小孩说的话啊。

“赶紧回家吧，妈妈还要做晚饭呢。”

“不要！我要找到心灵医生的诊所，应该就在中京区的那条什么什么街道！”

青叶的眉毛竖了起来，宣示着自己的不满。

“不就是那家须田心医生开的诊所吗？不是一家宠物医院吗？”

“不是的！她们说的诊所，在一栋楼的最高层，里面有一位会认真听你讲话的医生。理世和智美都有自己的家庭医生了！就算没生病，她们也能随时打电话跟医生聊天的。”

阿惠无力地笑了笑。女儿完全是被朋友怂恿来的。

听那些妈妈们说，现在的孩子常把“心理按摩”之类的话挂在嘴边。上补习班、兴趣班，有智能手机，遇到事情还有专业的咨询师，用不着找父母和老师。他们都觉得这样很有面子。孩子越大就越难沟通，阿惠实在无法看透女儿的心。

“要是有什么想说的话，等你做完作业，妈妈肯定认真听你讲。”

“你又这么说！妈妈，你什么都不懂！你从来不好好听我说话！”

青叶的顶嘴立刻点燃了阿惠的怒火。

“那你自己找去吧！”

阿惠冷冷地丢下这一句，自顾自地走了。走过一条街，快到富小路街转角的时候，她回头看去。青叶在一家店的门口停下了脚步，指着前面，朝自己说道：“妈妈，这里有条很窄的路。”

“有条路？不可能，这里没有其他路能出去。”

“可是你看！”青叶耍起小孩子脾气，“咚咚”地跺起脚，说，“你看呀！明明就有一条路嘛！”

“应该是停车场之类的入口吧。要是不小心进了别人家……”

阿惠一脸不耐烦地走到青叶身边，却发现眼前真的出现了一条巷子，昏暗而细长。

“你看！我就说有吧？真的有！”

青叶得意地说道。这条巷子窄得甚至只能说它是一条缝隙，就算是没注意到也不能怪自己。阿惠一言不发，打量起眼前的景象。一栋老旧的建筑堵在巷子的尽头，看起来阴森森的，让人望而却步。

“妈妈，我去把那家诊所找出来！”

“等等，青叶，不能进这种地方。”

“可是妈妈，你不是叫我自己去找吗？”

说着，青叶便一溜烟地走进楼里，阿惠慌忙追了上去。

房间门比想象中沉重。本就费了半天工夫才找到这家诊所，坐在前台的护士还冷淡至极，都没正眼看过自己。里面的诊室还只有一张椅子，阿惠只好站在一旁。

很快就到五点了。再这么磨磨蹭蹭，青叶的哥哥就要放学回家了。他正在长身体，满脑子只有吃饭。每次参加完社团活动后，他总是带着堆成山的脏衣服回来。

阿惠本打算顺路去一趟超市，现在只好打消这个念头。冰箱里还有什么东西来着……说起来下周要参加“妈妈们的聚会”，带些什么小礼物好呢？订购的食材差不多都用完了……

阿惠的脑袋里闪过一件又一件琐事。一旁的青叶却在为到达目的地而雀跃不已。

“刚才那位护士姐姐好漂亮呀！总感觉好像在哪里看到过她，长得好像一个明星呢。”

“青叶，安静点。”

看到母亲用眼神警告自己，青叶立刻低下了头。

帘子被拉开了，一个穿着白大褂的男人走了出来。阿惠还是第一次见到这么年轻帅气的医生。

“哇，医生哥哥，你长得好帅！”

青叶两眼放光，把阿惠的心里话原封不动地说了出来。阿惠吃了一惊。

“青叶，不要这么没礼貌！安静点。”

阿惠忍不住冷冰冰地命令道。青叶再次垂下脑袋，不高兴地嘟起嘴。身为一个母亲，竟然在心理诊所训斥孩子，阿惠自己也感到无比尴尬。毕竟现在的社会，管教孩子的方式已经与时俱进了。她飞快地瞥了一眼医生。

医生正笑眯眯地看着自己。

“坐在椅子上的人不对哟。”

“啊？”

“这位妈妈，您请坐。您不是病人吗？”

阿惠一时没有反应过来，但脸颊却开始发烫。

“不是不是，我不是病人。是我女儿想来看病的。”

“噢？原来是这样啊。您的女儿想看病？”医生看向青叶，“可是这位小朋友看起来没有任何问题呀。小姑娘，你叫什么名字呀？今年几岁啦？”

“我叫南田青叶，今年十岁啦。”

“好呀，那你为什么来我们诊所呢？”

“嗯……”青叶歪起脑袋，两条腿一上一下交叉晃着，“其实我有一件事，和学校有关，可以说吗？”

“当然啦，请说吧。”

“医生，你知道‘党派’吗？我们班里现在就有‘党派’哟。”

青叶语出惊人，阿惠听后瞪大了眼睛。

“等等，青叶，你和医生说的是什么东西……”

“没关系的。‘党派’吗？是不是小团体的意思？这么难的词你都知道？当然，我肯定知道啦，毕竟我是医生嘛。那你班里的‘党派’怎么样了？”

“对对，其实班里现在有两位班长，同学们都要加入其中一个人的‘党派’里。我一点儿也不想被卷进这种事情，因为输了的那一方还会成为班里的‘底层’，我最近可心烦了。我的好朋友理世和智美都跟自己的家庭医生聊过了这件事，我也想和医生咨询呢。”

青叶轻快地说着，仿佛在谈论某部动漫里的剧情。

阿惠哑口无言。她知道青叶最近在闹情绪，为了哄她才特意带她来诊所。

但是，没想到女儿想说的居然是这么无聊的事情。

“青叶！我们是来看病的，你说这些没用的干什么？医生还要忙别的事情呢。说点正经的，你最近到底在烦些什么啊？”

“没关系的，青叶妈妈。”医生轻轻笑道，“其实啊，我们从来没有宣传诊所的打算，大家都是听了传闻才慕名来的。我今天一直在等预约的病人来，不过，看样子他可能也来不了了。哎呀，可让我苦苦等了好长时间呢。”

“病人预约了但没来吗？”青叶问道。

“是啊。等了好久都没来呢。不知道为什么……难不成，是门太重了推不开吗？”

医生摸了摸下巴，一脸想不通。

真是一位奇怪的医生。说话像个古板的小老头，心态却和年轻人一样松弛。阿惠觉得自己来错了地方。女儿也没说出什么大不了的事情，无非是小孩子们过家家般的事情罢了。

青叶笑了，她看着母亲打趣道：“妈妈刚刚也在抱怨，说这里的门太重啦。”

“青叶！别多嘴！”阿惠皱起眉呵斥道。青叶深深垂下了脑袋。气氛又变得沉重起来，母女俩根本无法持续交流。阿惠心想，还是赶紧回家吧，家里还有一大堆家务要做呢。

“不好意思啊，医生。我家孩子非要来医院，结果净说这些没用的事，给您添麻烦了。其实学校里也有心理医生的，我带她去那看吧。”

“哪里没用了？明明很重要的……”青叶低着头嘟囔道，“为什么你总觉得我的事情都没什么大不了……”

“我说错了吗？好了好了，回家吧。还要给你们做饭呢，什么‘党派’不‘党派’的，以后再说吧。”

青叶却没有打算起身。

“以后再说？妈妈，你哪次好好听我说话了！”

“我有好好听啊。我做饭的时候，不是一直在听吗？”

“妈妈，你根本什么都不懂。不管我说什么，你都说是我的错，要不就是觉得我说的事情没用。其实你一点儿也不在乎我说的这些。之前我和你聊过班里的事情，你也叫我别总纠结这种没用的事。”

“我……”

青叶说过这件事吗？自己当时是那样回答的吗？

阿惠完全没有印象了。毕竟小学生的烦恼一天一个样，自己哪有闲工夫一个一个走心去解决。

“哎呀，这样下去可不行。”医生双手抱在胸前，喃喃道。

“门太重了吗？这可不行。得开一副药效强一些的猫猫处方。千岁护士，带猫猫过来。”

话音刚落，护士掀开了房间一角的帘子，提着一个宠物箱走了出来。

“米奥医生，这能行吗？预约的病人应该快来了……”

护士皱着眉，满脸不赞同。医生干笑了几声。

“哈哈，要是病人来了，就让他等着吧。居然让我等这么久，那换他等我也没关系吧？”

“我怎么会知道。”护士冷冷地回了一句，放下宠物箱后便离开了。

阿惠看得目瞪口呆。这位护士的地位，似乎比医生高多了。护士话里话外的意思，明摆着是要送客。

“妈妈。”青叶低声呼唤。阿惠还以为女儿竟然和自己想到一块去了，结果看到青叶正指着宠物箱。

“你看，是猫猫耶！”

“猫？怎么可能，这里又不是宠物医院。”

“真的，你快看呀！”青叶生气地喊道，“你就不能用心听我说话吗！”

阿惠疲于应付闹腾的女儿，只好妥协了。她看向那个塑料的简易宠物箱。透过侧面的网格可以看到一个白色的“小球儿”——一只雪白的猫。

这么小小的一只猫。它身上翘起的毛细软、稀疏。鼻子上的嫩粉色若隐若现。浑身上下，只有一双圆溜溜的眼睛称得上“大”。

两只小耳朵中的一只，像是被俏皮的孩子点了墨点儿。

“小雪……”阿惠喃喃道。

青叶转过身问：“妈妈，你认识这只猫猫吗？”

“不认识……吧……难道说……不可能啊！那只猫猫……”

阿惠呆呆地注视着眼前的小白猫。小家伙的毛仿佛蒲公英一样，似乎轻轻一吹，就会四处飘散。这不是她第一次有过类似的想法。小学三年级时，发生的一件事如今仍然历历在目……

“阿惠！麻美！你们快点儿呀！”

阿惠听见玲子的催促声，加快了步伐，背上的双肩包也随着左右摇摆。

放学回家时，阿惠特意绕了远路，和小伙伴们来到了一片空地。围墙的一角放着一个废弃的纸箱，玲子立刻蹲下身观察起来。阿惠站在玲子身后，看见纸箱里垫了几条旧毛巾和报纸，上面有三只猫的幼崽。

“哇，是猫猫！”

一瞬间，阿惠的心仿佛被惊喜填满了。虽然她摸过邻居家的宠物狗，但从来没有摸过猫。这是她第一次离猫这么近，它们就像玩偶一样，小巧可爱。

“咪——咪——”小猫们张开小嘴巴，发出了细弱的声音。原来，崽崽们已经长牙了，只不过，那些牙齿像塑料的一样，似乎并不能咬断任何东西。

“好可爱呀！”三人放下了书包，沉浸在猫猫的吸引力之中。一只小奶猫打了个哈欠，用短小的爪子蹭了蹭脑袋，可爱极了。空地上的蒲公英开出了许多黄色的花，有些已经出现了白色的绒毛。这些猫猫真像几朵毛茸茸的蒲公英呀！

玲子最先伸手去摸。她是三人中的老大，聪明伶俐，成绩优异。

玲子从箱子里抱起了一只浑身雪白的猫。接着，麻美也抱起了一只。二人不约而同地看向阿惠，眼神仿佛在说“该你了”。阿惠有些忐忑，但也只好抱起最后一只猫。

她感到很意外，猫居然这么轻、这么柔软！

猫翘起的毛纤细又柔软，像蒲公英一样，似乎一吹就会四处飘散。它浑身雪白，但有一只小耳朵上，像是染上了一点儿墨汁。鼻子上的嫩粉色若隐若现。只有一双圆溜溜的眼睛，才称得上“大”。

三人各自抱着猫猫享受了许久。突然，玲子站了起来。

“我要养这只猫猫。”

“啊？”阿惠和麻美疑惑地对视了一眼。

“没错，我要养它，它太可怜了！”

玲子斩钉截铁地说。然后又看向蹲着的阿惠和麻美，说道：

“我会说服我妈妈的，你们也试试。”

“可……可是……”阿惠抱着猫猫，低下了头。“我妈妈肯定不同意，我们家太小了……”

“试试嘛，不试怎么知道呢？我妈妈平时总忙工作。因为她是老师，所以比其他妈妈都要忙。我肯定能说服她的！”

“可我家……”

阿惠家里没养过动物，只养过一只独角仙，那是弟弟暑假时捉的。当时也只是在门口放了一只小虫笼，不知道谁在照顾它。阿惠一想到妈妈的脸，顿时就泄了气。妈妈不可能同意她养这只猫的。可是，玲子灼灼的目光，看得阿惠很是心虚。麻美也下定决心，站了起来。

“我也要养。我会努力说服我妈妈的！”

“真的吗！麻美，你的心好好呀！”

“猫猫们这么小，就没有家了，实在太可怜了。要是妈妈不同意，我就去求爸爸！”

看着玲子和麻美结成了养猫同盟，阿惠不免有些慌乱。为了不被集体抛弃，她也站了起来。

“我也会养猫猫的。如果妈妈不同意，我就去求爸爸……”

“真的呀！那我们三姐妹一起养！”

“好呀！我们三姐妹一起养！”

阿惠得到了玲子的认可，欣喜之余也萌生了勇气。怀里的猫扭动着小身板，像是在撒娇。那一刻，阿惠觉得自己仿佛收养了一个宝宝，一个属于自己的宝宝。

“我们给猫猫起名字吧！”玲子提议。

于是，三人立刻开始给猫取名字。阿惠给自己的猫取名“小雪”。因为小雪像雪一样白净。它的一只小耳朵上长了一些黑色的毛，反倒看起来更俏皮可爱。

我一定会好好保护小雪的！

阿惠暗暗下定决心，将怀中的猫护得更紧了。

阿惠回到家，碰巧妈妈不在。趁这个时候，她在玄关角落里铺了一层报纸，将小雪安置在那里。不料这一切都被早早放学回来的弟弟良仁看见了。他呆呆地站在楼梯口，问阿惠：“姐姐，你要养猫吗？”

“对啊，可爱吧？它叫小雪哟。”

“可以养吗？妈妈会生气的吧……”

良仁摆出一副担忧的表情，阿惠瞪了他一眼。

“哎呀，烦死啦！肯定可以呀，反正是我来照顾嘛。良仁，你可不许碰我的猫猫。”

阿惠语气强硬，吓得良仁忍不住开始抽泣。看着比自己小一岁的弟弟哭起了鼻子，阿惠气不打一处来。

“哎呀！哭鼻子羞羞。好吧好吧，那就给你摸摸小雪吧。”

“嗯！”良仁甚至顾不上穿鞋，径直向猫跑来。他蹲下身子，好奇地打量着它。

“好小一只啊！姐姐，它好可爱！”

“那是当然。”

姐弟俩端详着小雪。小雪也抬起头来，一直“咪——咪——”地叫，好像在诉说着什么。

玄关的方向传来了开门的声音，妈妈手里提着两大袋东西，看样子是刚从超市回来。由于挺着大肚子，妈妈的行动有些不便。再过两个月，小弟弟就要出生了。

妈妈进门后，如释重负般深深吐了一口气。可是，当她看到地上的小雪时，瞬间变了脸色。

“你们两个，这是什么？！”

妈妈的声音尖锐刺耳，阿惠的身体僵住了。她觉得自己已经做好了充分的心理准备，但没想到妈妈会发这么大的火。毕竟小雪这么可爱，她甚至天真地以为妈妈会心软，会和她一样接纳小雪。

但是很明显，妈妈的反应与预想的完全相反。妈妈连购物袋都没来得及放下，站在玄关就开始怒吼：“哪儿来的送回哪儿去！快点！”

“妈妈，可……可是，这只小猫也太可怜了……”

“那也不行！不能把这种东西捡回来养！赶紧送回去！”

妈妈瞪着眼睛怒吼。之前因为自己不写作业，或者和弟弟吵架，妈妈也生过气。但阿惠从来没有见过妈妈发这么大的火。

良仁直接“哇——”的一声哭了起来，脸蛋皱成了一团。阿惠的泪水也在眼眶里打转。

“妈妈，你听我说。这只小猫是玲子发现的，不过当时有三只。玲子说她爸爸妈妈肯定会同意养猫的，所以我和麻美想着应该也可以把小猫带回家……”

“玲子怎样和你们有关系吗？这只猫是你带回来的，你负责把它送走！”

妈妈声色俱厉地叫道。她绕过瑟瑟发抖的阿惠，径直从玄关走向房间。走到一半，回过头又补了一句：“小良，你到底要哭到什么时候?！过不了两天你都要当哥哥了，别动不动就哭！”

被妈妈这么一凶，良仁哭得反倒更厉害了。他的哭声湮没了小雪微弱的叫声。泪水终于从阿惠的眼中滚落，啪嗒啪嗒地掉在她脚边的报纸上。

即便如此，妈妈还是满脸嫌弃，她皱着眉头说：“天黑之前，把它送回原来的地方去！”说完，就走进了房间。

阿惠拿着报纸，抱着小雪，慢吞吞地往那片空地走。

妈妈简直是恶魔，是巫婆。

不满和委屈化作泪水，止不住地流淌着。小雪伸出小小的爪子，紧紧抓着阿惠的衣服。这样弱小的生命，明明只能依靠人来照顾了，妈妈却狠心地让自己扔掉它，实在是太过分了。

一到空地，阿惠便看到围墙旁边有一个熟悉的身影——是麻美！她蹲在那个纸箱前。

“麻美！”

麻美听到声音回过头，阿惠这才发现，她哭得脸蛋都涨红了。箱子里还有只小猫，应该是麻美带回去的那只。

阿惠在麻美旁边蹲下：“你家也不让养吗……我也是。”

“嗯，爸爸回来后特别生气，让我赶快把它扔掉。”

“我也是。我妈就是个老巫婆，恨死她了！”

“嗯，我妈也是老巫婆！不过……玲子的妈妈是老师，怎么也不会逼她把猫丢掉。一开始玲子就该把三只小猫都带回家，毕竟是她最先发现的。”

“就是就是。”

阿惠松了口气。因为有麻美同患难，她的心里好受多了。

麻美用衣袖擦了擦眼泪，站起身来说：“我得回家了。再不练琴，妈妈又要骂我了。”

“我也要回去了……”

阿惠虽然不忍心就这样丢下小雪，但也只能把它放回原来的纸箱里。两只小猫一起叫着，声音凄惨极了。

“对不起，我走了……”麻美说完，便转身跑开了。阿惠也慌忙追了上去。空地上的纸箱和蒲公英，都相继消失在了视野中。阿惠和麻美分开后，一路跑回了家。

刚到家，阿惠就看到妈妈站在厨房里。她背对着阿惠，平静地问道：“你把猫送回哪里去了？”

“转角的那片空地，樱花树那里……”

“嗯。还有作业吧？吃饭之前赶紧写完。”

“知道了。”

阿惠匆忙逃去了客厅。她本以为要继续承受妈妈的怒火，但妈妈却异常平静，这反而更让人胆战心惊。还是不要再提小雪了，快点把作业做完吧。

晚饭时，妈妈又恢复了平常的样子。阿惠因为不吃胡萝卜挨骂，因为吃得太慢挨骂，因为吵着和良仁抢电视遥控器挨骂。小雪给阿惠的内心蒙上了一层阴霾，但她想到明天还要在班上表演竖笛，便把其他事都抛到脑后了。电视里正在播放她喜欢的动画片，可自己却不得不在这练习竖笛，这又让阿惠十分委屈。她一边吹着笛子，一边任由泪水模糊了双眼。

爸爸的工作需要上夜班。除了休息日，平时基本见不到他。吃饭、洗澡，都是妈妈和姐弟三个人。只有睡觉的时候，是阿惠和良仁两个。阿惠像往常一样，在屋里铺好被子睡下。突然，她好像听到了什么声音，猛地睁开了眼睛。

好像没有什么呀……身旁的良仁踢开了被子，睡相极差。可能是心理作用吧。阿惠正要继续睡，又是一阵声响传来。这回她听得真真切切——是关门的声音。家里的房子有年头了，玄关的推拉门每次关上时都会发出刺耳的声响，在二楼都能听见。应该是有人回来了。

是爸爸吗？阿惠爬到窗边张望，但外面太黑了，什么也看不见。寒气让她打了个冷战，一阵尿意袭来。她揉了揉惺忪的睡眼，走到了一楼。

一楼光线昏暗。楼梯正对着狭小的客厅。妈妈伏在桌子上，将脸埋进了手臂里。

“妈妈……”

也许是被阿惠的声音吓到了，妈妈耸了一下肩膀，抬起了头。一片昏暗中，阿惠只看见妈妈用手擦了擦脸颊。

“啊，怎么了？要上厕所吗？”

“嗯……”

妈妈看起来和平时很不一样，但又说不上哪里不对劲。她显得有些落寞，声音听上去也有气无力。阿惠被不安笼罩着——妈妈好像去了什么地方，这让她感到害怕。

“妈妈，你怎么了……”

“什么怎么了？没怎么啊。别说这些没用的了，早点睡觉。如果良仁蹬被子的话，你给他盖好。要有个姐姐的样子。”

妈妈的语速中透露着焦躁，和平时一样。阿惠松了一口气，同时，她不禁感到有些懊恼。又是这样，“别说这些没用的”。不管说什么，妈妈都只会用这一句话敷衍自己。

阿惠上完厕所，钻回了被窝。良仁露着肚皮呼呼大睡，阿惠装作没看到。

妈妈真讨厌。从来不认真听自己说话，只会发脾气。

阿惠用被子蒙住头，紧紧闭上了眼睛。

“这只猫猫……会怎么样呢？”

青叶充满担忧的声音听得阿惠胸口一紧。

箱子里的猫正用小舌头舔着爪子，细小的身子让爪子显得格外的大。失衡的比例看得叫人心疼。

小猫也注意到了母女俩在观察它，它停下嘴上的动作看了过来。它还不知道什么是戒备，只会用纯净的眼睛好奇地盯着面前的母女。

不可能是同一只猫的……阿惠沉浸在当年的回忆中——自己捡到小雪后，还不到几小时，就又抛弃了它。她明明知道，这件事已经过去了三十多年，但眼前这只猫，和小雪实在太像了。白色的绒毛，耳边黑色的一撮毛，还有那双水汪汪的蓝灰色的眼睛。

为什么自己到这一刻才想起当年的事情来？

当年，自己到底做了些什么？

自己到底做了一件多么残忍的事情？

“之后的事情我都记不太清了。但我妈妈应该很快就忘了那只猫，她不会为它做什么的。和我一起捡到小猫的几个朋友是什么情况，我都不记得了。我也不知道那只小猫……小雪最后到底怎么样了。”

阿惠努力搜寻记忆中模糊的碎片。年幼的自己后来再也没想起过小雪，所以她当时甚至没有再去那片空地看看它。至少在自己的记忆中是没有过的。

这么做，简直太冷酷、太无知、太不负责任了！但回想起当时家里的窘迫处境，妈妈的愤怒也是情有可原。

阿惠现在终于明白了——那一晚，妈妈到底怎么了。

她肯定一个人去看了小雪。去看看被自己狠狠抛弃的小猫怎么样了。

妈妈没办法收养它，也帮不了它。

但她不能不亲自看一眼小猫的情况。空地的纸箱里，小猫还好吗？与其说作为一个母亲，倒不如说作为一个人，妈妈无法视而不见。

“咪——咪——”，小雪虚弱的叫声还萦绕耳畔。

那时，小雪一定很孤独吧？它一定又饿又冷。

自己甚至从没考虑过这些，就把它带回了空地。自己这么做，尽管没有恶意，但也幼稚透顶。她现在才明白，当年的自己究竟多么愚蠢。

医生默默听完阿惠的倾诉后，提起了宠物箱。他转过身来面向阿惠，打开了箱子的小门。

“这只猫猫的疗效可是立竿见影哟。”

医生说着，便把小猫从箱子里拿了出来。他一只手托起猫的肚子，另一只手抵住它的后腿。

“抱猫猫的时候，要这样抱。猫猫的身体很软，别担心。抱稳了哟，来。”

“啊？”

阿惠还在犹豫，医生已经把猫递了过来。一连串的动作十分丝滑，猫像牛奶一样流进了阿惠的怀里。小小的，暖暖的。这样抱起来，这只猫比小雪还要大上一圈。它看起来十分稚嫩，但触摸起来，其实还挺结实的呢。

但是，小猫好像不太舒服，在阿惠的怀里不安分地扭来扭去。它试图逃走，挣扎个不停。

“完了，怎么办。它要掉下去了！”

“再抱紧一点儿就好了哟。”

小猫还是不想被人抱着，使劲挣脱阿惠的双手。它洁白的毛发又细又软，与其说像蒲公英，倒不如说像狗尾巴草更贴切。

“妈妈，让我试试看。”青叶伸出手来，阿惠却迅速躲开了。女儿可对付不了这只抓狂的猫。

“不行，你会把它摔到地上的！”

阿惠不相信女儿，但自己也已经手忙脚乱了，根本抱不住猫。猫用爪子钩住了她的衣服，拼命扭动着身体。

“啊！”

猫从阿惠的手里一下子滑了出去，幸好青叶及时接住了它。

“安全咯！”青叶抱紧了手中的猫。“哇！好软呀，小小的一只。别乱动，老实一点儿哟。”

说完，她用双手包裹住小猫，让它紧紧贴在自己的胸前。

“米奥医生，这样抱对吗？”

“真聪明，学得很快嘛。”

医生微笑着说道。青叶看向怀中的小猫，不觉扬起了嘴角。

“好可爱啊，像小宝宝一样。但它也太小了吧，小得有点儿吓人呢。”

青叶嘴上这样说，但手上的动作却诚实得很。她牢牢地抱着猫，一副绝对不肯松手的架势。刚才还惊恐不安的小家伙，此刻抬起头看向青叶，似乎有些好奇。它用小舌头一下一下地舔舐起了青叶的手。

“哇！怎么感觉麻酥酥的。妈妈，猫猫的小舌头，比想象中粗糙呢！”

青叶的笑容把阿惠看呆了。女儿已经多久没有这样对自己笑过了……

让阿惠惊讶的不只是女儿的笑脸。她竟然能把小猫抱得这么稳。阿惠原本以为青叶肯定不行，可没想到女儿比自己做得好得多。

猫似乎感受到了足够的安全感，一动不动地趴在青叶的怀里。以前，阿惠总把青叶当成小孩子，下意识地否定她。但这一刻，获得小猫信任的人不是自己，是女儿。

“妈妈，你看！说不定这只猫是小雪的宝宝呢。所以它们才长得这么像。”

青叶天真地说着，用鼻子蹭了蹭小猫的鼻头。

怎么可能？净说这些没用的！

如果是一小时前的阿惠，肯定会这样说。

单纯的青叶，还无法想象小雪被抛弃后的悲惨结局。就算真的有奇迹发生，眼前这只猫，也不可能和当年的小雪有任何关系。

如果小雪被放回箱子里后，又被别人带走了，那真的算是奇迹了。但世界上哪有这么美好的剧情呢……

没有的。

“真的，说不定还真是呢……”

阿惠忍住眼泪，强装镇定地附和着女儿。那时，自己的妈妈偷偷擦干眼泪，一个人承受了所有。已为人母的阿惠，如今也只能独自咽下这份苦涩。听了阿惠的话，青叶十分开心，眼睛里闪烁着兴奋的光。

“一定是这样！对吧，米奥医生！这只猫猫就是小雪的宝宝！”

“嗯？是怎么回事呢……”医生开始装糊涂。“猫猫这种生物呢，可是精明得很，不过又很脆弱，寿命也比人类短得多。不过呀，它们可有九条命呢。说不定，小雪真的又回来了，这种事也不是不可能发生呀。”

“哥哥你说什么？”

青叶歪了歪头，表示不理解。医生淡淡地笑了。

“是啊……我说了些什么呢？对了，青叶妈妈，您感觉怎么样？头晕吗？会不会想吐？”

“啊？有……有点儿。”

阿惠有些诧异。这位医生真是个奇怪的人。一直笑眯眯的，但什么正经事都没干。

“这样啊，那就好。看来猫猫已经开始产生疗效了。果然，‘猫治百病’啊。但想要猫猫处方充分发挥作用，必须要本人来到我们诊所，亲自推开这扇门才行。您来的时候感觉门很重，但还是坚定地走进了我们的诊所。要是所有患者都能像您一样就好了。不然的话，我们无论在这里等多久，都是白等啊。”

“呃……”

阿惠不知道医生在说些什么。医生又看向了青叶。

“小妹妹，你的烦恼是不知道该加入班里的哪一边‘党派’，是吧？”

“嗯！是的！”

青叶小心翼翼地抱着猫，响亮地回答道。医生若有所思地点了点头。

“好办。看哪一边的‘老大’比较强就好啦。厉害的老大，都特别有脸面。你看看谁的脸长得又大又宽，就跟着谁混就好啦。”

“又大又宽？”青叶皱起眉头，“脸长得又大又宽？”

“没错！就是脸大大的，让人感觉眼睛、鼻子、嘴都在中间挤成一小团。所以，哪位班长的脸比较大呢？”

“噗……那应该是……玲奈吧。”

“那就跟着玲奈混吧。好啦，既然没什么副作用，两位可以回去了。那我把猫猫收回来咯。”

医生伸出手来，青叶不情愿地把猫交了出去。

“哥哥，这只猫是你养的吗？”

“不是的，是别人家的猫生了一窝小猫崽，这个小家伙呢，就是其中的一只。主人家养不了这么多猫猫，现在正给它们找新家呢。不过呢，应该用不着到网上去找。毕竟是小猫崽嘛，肯定很抢手的。”

医生把猫装进箱子里。“咪——咪——”，小猫又轻声叫了起来。

“那么，就请小妹妹多保重啦。”

医生说完，眯起眼睛，嘴角微微上扬。

这就结束了吗？阿惠感觉心里空落落的，好像有什么东西被抽走了。青叶抬起头，看向自己。莫非女儿的心情也和自己一样吗？

“妈妈，我们来养这只猫猫……好不好？”

女儿的请求让阿惠哽住了。青叶当然不知道，养猫到底有多辛苦。阿惠自己小的时候也不明白，但现在她已为人母，完全能够想象其中的艰辛。也许，妈妈当初的决定是对的。一个小孩子，怎么可能照顾得了小猫呢？

但她念头一转，突然意识到了一些什么。她察觉到，自己确实没有好好听过女儿说的话，更没有尝试过走进女儿的心里。每天的琐事一件接着一件，已经让她分身乏术。阿惠实在没有精力再养一只猫。但自己做不到，不代表青叶也做不到。

阿惠开口问道："医生，如果养这只猫的话，该怎么照顾它啊？它能自己吃饭吗？需要有人一直在旁边陪着它吗？"

"这个嘛……这只猫猫两个半月大，才断奶。它现在刚开始吃猫粮，还在过渡期。肯定不能让它自己吃饭嘛。一日三餐，必须得有人看着才行。别看它这会儿老实，其实它性格很活泼的。照顾它，肯定是件麻烦事。不过呢，话说回来，养猫猫都是这样嘛。"

"一日三餐……"

午休时间，自己倒是可以回家一趟。但早上那么忙，还有空管它吗？晚上回家以后还有一堆家务活要干，能顾得上它吗？

阿惠想了又想，迟迟没有开口。养猫需要提前了解很多很多知识，做很多很多准备。这些都没那么容易。阿惠纠结良久。这时，青叶轻轻握住了她的手。

"妈妈，我会努力照顾好猫猫的！以后放学了，我直接就回家。早上我也可以早起喂猫猫。我来看着它，我一定能照顾好它的！"

青叶坚定地说道。阿惠知道，就算女儿现在信誓旦旦，到时候可能顶多也就坚持个两三天。

"要不……还是算了吧。最后受累的还是您吧？"

医生笑着对阿惠说道。他说得没错。阿惠低下头，咬紧了嘴唇。

小雪，对不起……

当时，竟然就那样抛弃了你。小雪，真的对不起你。

"医生……就把这只猫猫交给我吧！我一定会尽全力照顾它，我会好好对它的！"

"话虽这么说……"

"拜托您了，我会照顾好它的！"

阿惠向医生深深鞠躬。

医生不慌不忙地说道："都说猫猫的性格阴晴不定，我看呀……人的心思其实更难猜呢。"

阿惠不知道医生此刻是何种表情。但对方沉稳的声音让她觉得，自己完全被看透了。

青叶站起身，走到了阿惠旁边。

"哥哥，不光是妈妈，我也会帮忙的！就让我和妈妈一起照顾猫猫吧！"

青叶说完，和阿惠一样深深鞠了一躬。

医生见状，淡淡地说道："既然这样……那好吧，你们去前台咨询一下注意事项吧。先养几天看看，实在不行的话，再到我这里来。"

医生把脸凑近箱子，看向趴在里面的猫猫。猫猫也抬起头来，和医生四目相对了一会儿。

"喵，跟她们母女走吧。没事的，如果不习惯，随时可以回来哟。"

猫猫看起来很通人性。医生把箱子递给青叶，青叶郑重地用双手接了过来。

母女俩出了诊室，走向前台。护士和之前一样，一副爱搭不理的样子。阿惠接过护士递来的纸袋，往里面看了看。

"这是？"

"都是猫猫会用到的东西。里面只有一些必需品，剩下的您得自己去买。您家附近有宠物医院吗？最好是24小时营业的医院。请留意一下吧。"

"啊……这么说的话，好像有个须田医院。介绍上写着，他们能提供急救服务。您听过吗？我们之前找错了地方，刚好进了那家医院。"

"哦……"护士垂下目光，"我知道。就是心医生的医院嘛。我和米奥医生受了他不少关照。如果您见到心医生，麻烦替我跟他问个好。请多保重。”

护士的语气还是冷冰冰的，不过似乎多了几分忧愁。阿惠没有继续追问下去。至于养猫须知什么的，还是去问专家吧。看来，明天得去一趟须田医院了。

母女俩走出了诊所的门。幽暗的走廊里一个人影都没有，和来的时候一样，静悄悄的。

青叶双手抱着箱子说：“妈妈，我想起来了。刚才那个姐姐。”

“嗯？”

“我在和纱纱一起上的舞蹈课上见过她。印象里是那个……日本舞的课，我当时在练习室里玩，她也在那儿！她的头发梳得和艺伎一样，还穿着和服，长得跟刚才的护士姐姐一模一样！”

“这样吗……”阿惠无奈地笑笑。她差点儿又脱口而出，“别说这些没用的事”。但这次她还是好好地回应了青叶，“但是艺伎应该不会来这里当护士吧？”

“嗯……也是。可能只是她们俩长得很像而已。”青叶歪了歪头。

这时，一个男人从对面走来。他穿着一件夸张的衬衫，看起来有些油腻。

阿惠不想和他对视，侧了侧脸，等他先走过去。但男人却直勾勾地盯着母女俩。阿惠怕被莫名其妙的男人纠缠，打算拉着青叶赶紧离开。

没想到，对方却主动开口搭话道:“你们是要租这间空房子吗？”

男人诧异地皱着眉头。他的语气听上去有点儿凶，但好像也并没有什么恶意。阿惠有些疑惑。空房子？是说她们刚刚从里面出来的这家诊所吗？

“嗯？不会呀，这不是空房子，里面是一家心理诊所。”

“这房子都空了好几年了，而且很邪门。你就算租了，没几天肯定也得搬走。”

“妈妈，什么是‘邪门’呀？”青叶茫然地问道。

男人不怀好意地笑了笑。

“小妹妹，知道凶宅吗？凶宅里经常发生吓人的事！还有鬼呢！”

“啊？有鬼？！”

“是啊！你能听见他们说话！还能看见他们飘来——飘去——飘来——飘去——！你们真要租这房子，可别怪我没提前告诉你们！善意的提醒哟。”

男人说完，转身走进了隔壁的房间。阿惠探头看去，门牌上写着“日本健康第一安全协会”。男人说了一堆奇奇怪怪的话，听得阿惠眉头紧锁。

“妈妈，他说有鬼……”

看着青叶惊恐的样子，阿惠不禁笑出声来。

“叔叔逗你玩呢！别理他。走吧，我们回家。哥哥应该已经回去了。猫猫也该吃饭了。”

“嗯！”青叶一下子来了精神。她小心翼翼地抱着箱子，看向里面的猫猫。

“既然是小雪的宝宝，我们就叫它小小雪吧！”

阿惠低着头，没有说话。以后家里还要多养一只猫，可有得忙了。她有些不安。不过有女儿在呢，一起努力吧。

“对了，青叶。再给妈妈讲一遍你们班里小团体的事情，好吗？”

“啊？”青叶噘了噘嘴说道，“我都说了多少遍了……”

“妈妈知道，妈妈知道。再说一遍嘛，这次妈妈一定认真听！”

“那好吧。”青叶一脸傲娇地叹了口气，她抬头瞄了一眼阿惠，“妈妈，那你也给我讲讲你和其他同学的妈妈们聚餐的事情好不好？”

“嗯？”

“你每次跟她们吃饭之前，看起来都不太开心。其实你根本不想去，是不是？”

自己的心思被女儿一语道破，阿惠有些慌张。

“啊？怎么会！妈妈没有呀。”

“好好好，你说没有就没有吧。什么小团体，什么妈妈聚会，说到底还不都是和人相处。对不对呀？小小雪，做人可真不容易！”

青叶自顾自地对着宠物箱说道。说罢，她便快步向前走去。

青叶的话让阿惠目瞪口呆。女儿抱着箱子的背影，看起来明明还是个小孩子。女孩子就是这样，不知不觉间就长大了。

“妈妈！快点呀！”

青叶正站在狭长巷子的尽头。阿惠有些恍惚。她迈开脚步，走向女儿和那位新的家庭成员。

椎名彬是“日本健康第一安全协会”的社长，也是这家公司唯一的员工。他一口气爬上了五楼，仍然脚步轻盈，大气也不喘一下。

毕竟公司一直主张“健康第一”，他这个社长的身体素质也还算过关。他宣称公司最近推出的磁疗项链有异常神奇的保健功效。为了证明这一点，他每天坚持运动。

椎名彬已经三十多岁，但他的皮肤还是充满光泽，肌肉线条也十分紧实。磁疗项链卖得不错，估计用不了多久他就能搬出这栋破楼，让自己的事业更上一个台阶了。中京商业大厦——这栋楼显然配不上这么高大上的名字。这个建筑在巷子深处，采光极差。而且都已经这个年代了，楼里居然连电梯都没有。

不仅如此，隔壁的房间还有点儿邪门。椎名彬是两年前搬进这栋楼的，那时隔壁就已经空无一人了。他第一次踏入五楼时，一股难闻的气味便扑鼻而来。隔壁房间的租客换了又换，都是没有住上几天就走了。椎名觉得，这间房一定是租不出去了。

奇怪的是，这间屋子偶尔竟然还有人出入。有时隔壁会传来一些声响，像是有人住在里面一样。还有几次，他看见有人站在门前。那些人看起来不像是房屋中介，也不像是打算在这里开公司的人。

“真让人后背发凉……”椎名一边爬楼梯，嘴里一边嘟囔。

前两天他看见一对母女站在门口，说什么诊所。他怕对方觉得自己多管闲事，但自己还是没忍住上前搭话。小姑娘应该还在上小学，手里还抱着一个箱子。椎名快速瞥了一眼，里面是一只小白猫。

以前，他听中介说过隔壁发生的事情。听完后，他起了一身鸡皮疙瘩。难不成……同样的悲剧再次上演了?

如果真是这样，那他在这儿一秒钟也待不下去了。虽然椎名不怎么喜欢动物，但之前那些租客的行为，实在太缺德了，简直让他作呕。

五楼终于到了。自己的事务所在走廊尽头。他沿着走廊向前走，看见隔壁那个邪门的房间门口，站着一个女人。

椎名心跳加速。女人皮肤白皙，身材修长，像高挑的柳树一样。从她身后路过时，椎名不禁多看了两眼。她把刘海梳了起来，露出光洁的额头，一头秀发清爽地盘在脑后。乍一看，还以为是哪个电影明星。

她美得甚至不太真实。

椎名开门的时候，余光仍然恋恋不舍地停留在女人的身上。这种触不可及的感觉令他着迷。女人面带愁容，低垂着眼眸。

椎名走进了事务所。在关门的前一刻，他听见了女人的声音。

“回来吧……回来吧，小千。”

女人的呼唤声里还带着尖细的哭腔。关上门后，椎名打了个冷战。

“真瘆人……”

看来，隔壁果真邪门！该不会闹鬼闹到自己这里来吧……椎名开始认真考虑搬走的事情。

故事四

猫を処方いたします。

不舍的
感觉，
会一直
留在心里

中京心灵诊所

【处方笺】

采访者姓名：高峰明香　　年龄：32　　性别：女

身份：设计师

症状：因员工离职身心俱疲

【处方猫】

品种	性别	年龄	姓名
布偶猫	雌性	4岁	糖糖

医生：末奥　　护士：千岁

“我真的做不下去了……”女助理眼含泪光地说。

高峰朋香皱起了眉头，她真不想跟这些矫情的人打交道——浪费时间。再说，自己也没有义务安慰别人。

宽敞的店铺里，一楼井井有条地摆放着朋香设计的女包。二楼既是工作间也是办公室，这些包包就是在这里制作的。员工多劳多得，薪资总体算得上体面。如果再有什么不满，只能说是员工矫情过头了吧。

“我也是，真的跟不上进度……”

另一名负责文书工作的女职员也附和道。

这两个人都是二十岁出头，有一些工作经验，满怀理想地来到这里工作。可是，只要朋香稍微对她们严厉一点儿，她们两个就会叫苦连天，真的是让人受够了。

不过，两个人要是同时撂挑子的话，之后的进度都会受到影响。公司已经签了量产和定制商品的生产合同，交货时间已经迫在眉睫。

朋香叹了口气，准备以理服人。还没等她说话，另一位首席助理又开口了：“我也干不下去了……”

“啊？”三个人竟然都要辞职？这可把朋香吓了一跳。

“大家先冷静一下。怎么突然要辞职啊？”

“不是突然……您这种完美主义者，我早就受不了了！我立刻、马上就要辞职。”

“立刻、马上？！这就辞职吗？这也太突然了吧……”

“首席助理不干的话，那我也不干了！”

最先反抗的助理和另一位员工听了，也立刻和首席助理统一了战线。三个人说完，便头也不回地离开了事务所，不留一丝商量的余地。

转眼间，屋子里只剩下朋香一人，她怅然若失，愣在原地。窗外一片漆黑，室内灯火通明，玻璃窗上倒映出她的身影。

“啊！”进来的人是和朋香一同经营这家铺子的纯子，她不敢相信自己的眼睛，问道：“一下子走了三个人……怎么办呢？要不要劝她们回来呢……”

听到搭档的这个提议，朋香勃然大怒：“我才不会向她们低头呢！你看那些年轻人，哪有个正经工作的样子？随随便便就撂挑子，也太没规矩了！”

“确实。不过朋香你也是……什么都要追求完美的话，哪有人能满足你的要求呀……”

朋香和纯子在大学时就认识了，两个人拥有相同的梦想，都想成为出色的设计师。纯子虽然在设计上略逊一筹，但财务和管理能力都很出色。两个人二十九岁的时候一起创业，在京都开了第一家店。算起来，到现在已经整整三年了。

四条大街位于下京区。沿着这条路走，拐个弯，就会看到很多店铺和楼宇，规模都不大。朋香的包包专卖店就在那一带的界町路，这里有很多面向年轻人的店铺。再往前走几步，便是历史悠久的大丸百货京都店。人们散步时，偶尔会注意到朋香的原创品牌店。很多人光顾一次后，就成了回头客。久而久之，老顾客越来越多。甚至还有一些客人，大老远慕名而来。

为了设计出完美的产品，朋香经常工作到深夜。她辛勤奋斗多年，才有了如今这番成就。在她看来，这和完美主义没有任何关系。

“我不是追求完美，就是想把东西做好而已。这是原则问题——对材料和工艺精益求精难道有错吗？那些年轻人不就是想花最少的钱、用最短的时间，随便采购点原材料敷衍了事吗？随随便便糊弄出来的东西，谁做不了？”

朋香硬着头皮反驳着，胃里突然袭来一阵绞痛。看到她难受得弓起身子，纯子心疼地说道：“你看你看！某人呀，一心想认真工作，结果光让自己受罪了。你最近脸色看起来越来越差了，好好放松一下吧。”

“放松一下……你说得倒是轻巧。我要是真休假了，咱们店都得关门大吉了。”

“就算不能休假，至少也得去看个医生吧！你身体一直不太好，总得好好调理一下啊。你还记不记得那次……有个祇园那边的老板，在我们店里定制过一款三色包？她有一个客户想要定制一个独特的包，这位客户在做美甲的时候，听美甲师说起了自己的另一个客人。那个客人遇到了一个特别有意思的医生……我觉得你也可以去看看，正好换换心情。”

“听着有点儿意思。那个‘朋友的朋友的朋友’介绍的人，我倒是有点儿想见见。他是干吗的？心理医生？”

“好像是。反正就在我们店附近。就算只是和他聊聊天，心里应该也能好受一点儿。”

纯子这话听起来，好像在说朋香有什么心理问题。朋香的胃疼得厉害，三个员工不约而同地辞职让她措手不及。纯子还要加班加点地去招募新人。想到纯子也不容易，朋香实在不忍再拒绝她的好意。

“知道了。”朋香有些漫不经心地说，“那家医院在哪儿？”

“事情的经过就是这样。所以我才来到了这里。”朋香抬起头说道。

之前她说话时一直低着头，并不是对面的心理医生让她感到紧张，而是出于对前员工的愤怒。

在这间狭小的诊室里，朋香和医生相对而坐，不到一臂距离。

眼前的医生身体摇摇晃晃，还时不时打着酒嗝。

“嗝……原来是……嗝！这样啊……嗝……”

医生眼神迷离，脸上泛着红晕，嘴角还没擦干净。这个人真的是那位广受好评的医生吗？他现在这副模样，明显是醉酒行医啊！

“医生，你喝酒了？都醉成这个样子了……”

“没有啦……”医生开始嘿嘿傻笑，“我没有喝酒。我喝的是茶哟，木天蓼茶。我就喝了一点点，但这茶可真烈……啊！您是哪位？”

“我是高峰朋香……您刚才没听我说话吗？”

“我当然听了。高峰小姐，您也来一杯吧？”

“不必了，我不喝奇奇怪怪的茶。”

“哎呀，别这么说嘛。这茶可香了，您尝了以后，肯定会爱上它的。千岁护士，上茶！”

医生朝着帘子那边喊了一声。过了一会儿，护士走了进来，在桌子上放了一个茶杯，可里面却空空的。朋香的表情有些僵硬，就算自己不太想喝，也不至于放个空杯子吧！

“请问……茶呢？”

“啊，真不好意思。这茶闻着太香了，我一时没忍住就……嘻嘻嘻。”

护士发出了一阵笑声后，又回到了帘子后边。

这家诊所到底在搞什么名堂啊？在拿自己寻开心吗？

朋香有些恼火。

医生似乎清醒了一些，笑着说道：“不好意思，是我们招待不周了。高峰小姐是吧，您……您的烦恼是什么来着？”

果然！这医生根本没在听！朋香烦躁不已。但自己总不能白来一趟啊，无奈之下，她再次讲述了自己的情况。

“我想知道，见到做事不用心的人，我要怎么才能宽容他们。我受不了那种敷衍的态度，可我也不想每次都发脾气。比如啊，有些医生敷衍到连病人的话都不用心听……嗯，我可不是在说您。像那些人，我要怎么心平气和地和他们相处呢？虽说很多事情只要有责任感，靠我一个人认真做就行……”

“您说这话，好奇怪呀……”

医生歪了歪脑袋。朋香感觉自己遭到了这个人的嘲笑，顿时火冒三丈。

“我哪里奇怪了？！”

“因为呢，您并没有认真负责呀。准确来说，您比其他人还要随意吧？啊哈哈哈……”

朋香感到震惊，她张大了嘴巴。

至今为止，所有人对她的评价都是用“事无巨细”“太过敏锐”等词汇。从来没有人会觉得她敷衍随意。这个医生的评价令她惊讶到失语，可对方却轻飘飘地说出了口。

“我们这儿讲究的是简单高效，给您开一副强效的猫猫处方吧。疗程是两周，您好好‘服用’。千岁护士，带猫猫过来。”

医生再次朝着帘子喊道。不过，这次却没有回应。

“千岁护士？”

“啊！来了来了——”刚才那位护士走了出来。朋香本以为这位前台的护士是一位清冷精致的女性，没想到她笑嘻嘻地摇了摇手里的宠物箱，居然还怪可爱的。

“猫猫吗？又要带猫猫过来？”

“千岁护士，你这是喝了多少呀？”

“喝了多少？嘻嘻，不知道哇！哎呀！猫猫嘛，有的是呀！哪儿找不着啊！别总惦记我啦……嘻嘻嘻。”

护士又发出了一阵笑声，放下箱子走开了。

“不好意思，让您见笑了。预约的病人好像不来了，我们就小酌了一杯。没想到今天有新病人来。唉，你们人类啊，总会为一些无关紧要的事情烦恼呢。”

“无关紧要？”朋香瞪大了眼睛。“医生，您说无关紧要？”

“没有没有没有，嘻嘻，我可没说。哎哟，看来这段时间不能再喝了。您稍等，我去准备必需品。”

医生说完也离开了。朋香一个人留在诊室，一头雾水。她看向了桌上的宠物箱，惊讶地吸了口气。里边真的有一只猫！

猫猫淡蓝色的大眼睛宛如宝石一般澄澈。身上的毛发纤细洁白，只有耳朵和眼睛周围是褐色的。

这只猫猫品相真好！真可爱！它也目不转睛地盯着朋香。

“哇！”朋香下意识地惊呼。她已经被眼前可爱的猫猫“征服”了。

小可爱将爪爪贴在了宠物箱的小门上。

肉垫！

洁白的小圆爪子前端，嵌着四瓣粉嫩的肉肉，像小小的豆粒，而爪心那一瓣，像极了一座袖珍版的富士山。猫猫的全身都是柔软的毛，只有爪子上的肉肉，显得精致紧实。

猫猫眨巴着那双淡蓝色眼睛，贴在小门上的爪子微微地来回摩擦了一下。它仿佛在说：放我出去吧！

朋香不由自主地伸出了手……就在她即将打开小门的那一刻，医生回来了。

“咦，您这是要……”

“没……没有啊！我什么都没做……我可不会随随便便摸猫。我是个正经人。对了，您刚才说，猫猫……处方？所以，这只猫猫可以治病，是吗？”

“猫猫可以治病？别犯傻啦，猫猫才不会为人类做什么。它们只做自己喜欢的事。不过，正所谓‘猫是百病之长’……咦？不对！应该是‘百药之长’。”

医生似乎陷入了沉思。“百病之长”和“百药之长”，意思明明完全相反。

“哎呀，我好像又醉了。总之，猫猫可以治很多病。我在这里面放了必需品和说明书，您回去后好好阅读。这副猫猫处方虽然见效快，但一定要坚持‘服用’。您会慢慢适应的……高峰小姐，您在听吗？”

听到医生的询问，朋香终于回过神来。猫猫的淡蓝色眼睛像是拥有某种魔力，令她沉迷其中。

“啊，当然了！我在听。别人说话，我都会仔细听的。所以，我可以带走这只猫猫，而且可以养两个星期？”

“是的，祝您早日康复。”

医生淡淡一笑。

朋香接过纸袋和宠物箱，走出了诊室。护士正趴在前台睡觉，嘴巴微微张开。真是一个不严谨的人。相比之下，自己作为设计师，需要随时注意穿着打扮和行为举止。人和人还真是不一样。

她看向纸袋，里边装着几个简陋的猫盆，还有不知名牌子的猫粮。

说明书上写着：“坦克，雄性，两岁，美国短毛猫。早晚各喂一次，适量即可。饮用水常备。及时打扫粪便。猫猫性格活泼，请提供宽敞的室内空间，并撤去危险物件。每天至少让猫猫运动三十分钟。若条件不允许，请提供玩具，以便猫猫自娱自乐。谨记。”

朋香皱起了眉头。宠物箱里的猫看起来毛茸茸的。虽然她对猫不算了解，但眼前这只猫怎么看都不像是美短，明显是其他品种。

“这也太随意了吧！”

她怒从心生，白了一眼呼呼大睡的护士。连猫粮和说明书都拿错了。要照顾好它，还得自己亲自上网查资料。

猫猫抓了抓箱子的小门。隐约可见它那粉嫩的肉垫。

“唉。”朋香叹了口气，急急忙忙赶回了家。

十天后。

店铺二楼。朋香，纯子，还有纯子喊回来的首席助理美月，三人正在讨论新产品的相关事宜。桌子上摆着几幅设计图，图中产品样式和价格等各不相同。她们对这几幅图发表了各自的意见。

朋香拿着自己设计的真皮挎包，自言自语道：“要不，印只猫猫？”

纯子和美月听到这声喃喃，对视了一眼。纯子歪了歪头。

“猫猫？”

“对，猫猫。”

“是个不错的想法。不过，我们这次设计的是职业女性的日常挎包，猫猫印花好像不太合适呀。”

纯子掩饰不住脸上的不解。

朋香对比了一下手里的设计图，觉得纯子说得确实有道理。这个挎包用轻质柔软的皮革做成，颜色是限定款的烟熏粉，还有凸显女性风格的流苏装饰。里面可以放入A4大小的文件，工作和日常都能使用。

朋香很清楚，要是在包上印一个猫猫的图案，会打破原有的时尚感，让它变成一个四不像的东西。

“就是就是，这个包包的设计兼顾日常和工作，为的是方便顾客应对突发状况，逛街和商务会谈都能无缝衔接。毕竟女人在商务场合也要随身带着很多小物件。还要满足她们追求时髦的需求。”

“嗯，纯子说得对。那就把这个设计……”

“要不，在上面印只猫猫？”

朋香的语气十分认真。纯子头顶冒出一个大大的问号。

“朋香，你怎么又说了一模一样的话。你无论如何都想要猫猫图案吗？”

美月也委婉地建议道：“朋香，包上印猫猫那一类的图案和花纹，就不好带去职场了呀。而且，我觉得猫猫太过可爱了，有点儿不太符合这个包包的风格……”

猫猫太可爱了——朋香有些郁闷，轻轻咬了咬嘴唇。

“确实有点儿太可爱了，猫猫也太可爱了……可是，设计成单色的话，是不是就可以……”

“很难做到的。”

“那很难做到的吧。”

纯子和美月异口同声地反驳道。朋香不满地皱起眉头。

“真是的，你们两个怎么联合起来吐槽我。我知道啦，这次就按原来的设想做吧。”

不需要纯子和美月过多的解释，朋香自己也清楚，这次的设计不好加入猫猫的元素。可是这个念头就是挥之不去。她想着想着，设计稿上就会多出来一对猫耳和猫爪。

在朋香的眼睛里，世界好像变了一副样子，猫猫已经成了随处可见的大明星。电视节目在播猫猫，网友们都在讨论猫猫，商店里还有很多印着猫猫图案的商品。自己满脑子都是猫猫的事情。昨天路过事务所附近的绿化带时，她看到一团白影，就以为有只猫猫趴在那里。走近一看，原来是一个白色的塑料袋挂在了上面。

纯子也注意到了这一点，昨天她还正好目睹了自己尴尬的一幕——自己满脸温柔地笑着，慢慢走到了一个白色的塑料袋旁。

纯子下了楼，正要接待客人，看到朋香之后，一脸担心地问道:“朋香，你去了我推荐的那家诊所吗?”

“已经去过啦。是一家很奇怪的诊所，我去的时候，医生和护士都喝醉了。而且更奇怪的是，给我开的处方是一只猫猫，好像是把它当成一种镇静剂来用。”

“医生和护士喝醉了？处方是一只猫猫？”

“是啊。现在想来，他们可能是故意这么做的，扰乱人的思维定式，打破原本的生活节奏。不过对我没什么影响，所以问题不大。”

但实际上，这十天里，朋香的工作狂属性在逐渐发生着变化。她做完自己分内的工作，关好店铺，就会直接回家。今天也是如此，她麻利地收拾好东西，就飞快地回到了公寓。

朋香打开门，脱掉高跟鞋，一溜烟地跑进房间里。

“坦坦——我回来啦！”

“咪——”，坦克轻轻地回了一声，迈着优雅的猫步走了过来，焦茶色的尾巴就像是一条硕大的毛领，配上一身长长的白色绒毛，真的美丽极了。一看到它的身影，朋香的脸颊就开始发烫。今天，自己满脑子都想着坦克，它躺着的样子、吃猫粮的样子，还有踮起脚来用爪子扒拉玩具的样子……

“坦坦——快来妈妈这边。”朋香两手张开，正要把坦克迎进怀里。然而，一只“拦路虎”却突然出现。

“香香，得先去好好洗手哟。”

只见大悟围着一条围裙，从厨房探出半个身子来。

饭菜的香味也随之飘进了鼻子里。

朋香顿时回过神来。

“大悟，你今天也这么早就回来了？”

“是啊。好啦，记得洗完手再摸坦克噢。”

“知道啦！”朋香嘟了嘟嘴，起身去卫生间把手洗得干干净净。平时就算没人提醒，她也会这么做，可今天她整个人都被坦克勾住了魂，把洗手这件事抛到了脑后。

“小坦坦——快过来，快到妈妈的怀里来。”

朋香衣服也不换，一骨碌躺在了地毯上。坦克轻轻走近，仿佛伴着韵律，每一步都恰好落在了拍子上。从躺在地面的视角看着坦克，它的可爱度又噌噌上涨了几十倍。朋香故意一动不动，让坦克闻闻嗅嗅，蹭着自己的身体，猫毛全粘到了衣服上。

“宝宝，让我看看你的小爪爪——”

朋香捏起坦克白色的爪子，上面摸起来像是握紧了的小拳头，一翻过来，下面就是粉粉的肉垫。朋香用手指轻轻地摩挲起来。

肉垫的手感相当奇妙，柔软且富有弹性，就像一块小小的硅胶，不对不对，更像是一块软糖，摸着摸着，糟糕的心情也变好了。

朋香闭上了眼睛，心里涌起一种满足感。

“香香，晚饭做好啦。”

“知道啦……”听到大悟的声音，朋香还是没有停下手里的动作，坦克的肉垫摸起来太过舒服，她不愿松开。但坦克却不动声色地抽开了小爪子，转身走开了。

“等等！坦克，让我再闻闻你的小爪爪。”

“你在干什么……快点来吃饭啦。”

大悟有些无奈。坦克缩进了用纸箱和T恤做成的小窝里。朋香不情愿地来到饭桌旁，大悟已经开始吃饭了。

“要是对这小家伙投入太多心思，到时一分开，你可就要哭鼻子啦。还剩几天，咱们就得把坦克还回去了。”

“我当然知道啦！我有好好想过这个问题。”

听到了不想提及的心事，朋香有些不高兴了。明明大悟才是那个什么都不深思熟虑的人。

她和他，相处已经五年了。

两个人相遇的时候，朋香还是个初出茅庐的设计师，而大悟在一家小餐馆当厨师，两个人就是在那家餐馆里相识相知的。那时，他们都梦想拥有一家自己的店。几年后，朋香终于实现了自己的梦想。而大悟却兜兜转转，工作总是做一份换一份，最后在一家连锁的居酒屋当上了厨师。大悟每天傍晚出门，深夜才能回家，过着日夜颠倒的生活。

为了不错过彼此的时间，两人决定生活在一起。大悟为人勤恳，家务活和做饭都不在话下，和他在一起的生活轻松愉快。只要这样就满足了——这些，其实都是客套话。

“大悟。”

“嗯？”

“之前我说的事情，你考虑得怎么样啦？去见见我爸妈？他们总是在催，问什么时候才能见到你。当然了，也只是见个面而已，没什么特别的意思，你放轻松就好。”

“当然可以啦。”大悟一边嚼着东西，一边稀松平常地回答道。

朋香顿时瞪圆了眼睛。

“真是的！那你打算什么时候去？我问的是什、么、时、候、能去？”

“什么时候都可以呀。我都辞职了，什么时候都有时间的。”

“这样啊……很有空……有很多时间啊……”

他又辞职了。

朋香喝了几口味噌汤，汤汁很浓郁，萝卜也煮得入口即化，回味十足。真不愧是专业人士，大悟做的饭总是那么对人胃口。可是，这个男人都快四十岁了，还是这么悠闲乐观，也不怎么做人生规划，换工作的次数两只手都数不过来了。这一次也是，在那家居酒屋还没待多久，就又辞职了。

大悟的失业状态，正一点点蚕食着朋香的耐心。相识的时候，二十多岁的朋香正忘我地走在追求梦想的道路上，对他这种悠闲度日的态度也没有怨言。

说句心里话，朋香还是很希望大悟可以好好考虑未来的。如果他找不到稳定的工作，他们什么时候结婚都是个大问题。

“对不起。”大悟的目光离开眼前的饭菜，飘向天花板，“我马上就去找工作。当然，要是我还是找不到工作，也可以先去见见你爸妈。”

“啊，那……那找工作的话还是很忙的，等稳定下来再考虑这件事吧。”

“是我不好。”

“没事的。”

朋香笑了笑。看着他一脸愧疚的样子，气也消了一大半。是呀，只要自己做好了自己的事情，自己再多加把劲，就没问题了。她这样安慰着自己，郁闷的心情也好转了几分。

“这么说，这段时间你能在家休息了？正好可以陪坦坦玩了。”

“可它白天基本都在睡觉。话说回来，布偶猫可真乖。你看它，像个毛绒玩具一样。”

大悟回头看向坦坦，它正窝在纸箱里，蜷成一团。坦坦也注视着餐桌旁的两个人。坦坦高贵的气质给周围的事物都增加了一层高级感。此刻，普通的纸箱仿佛化身为猫王的宝座。

那个医生给的说明书也太离谱了！跟坦坦简直完全不搭边！

蓬松纤长的毛发，蓝宝石一样的眼睛……一看就不是美短！这两个特征的确不是布偶猫专属，但如果再加上坦坦的毛色，答案便显而易见了。朋香对比了很多猫猫的照片，白色和焦糖色的完美搭配证明，坦坦就是一只纯种的布偶猫。而且，它比照片里那些布偶猫还要漂亮。

坦坦性格沉稳，不会在屋子里到处乱跑，也不会纵身跳上高处。它顶多用玩具稍微磨磨爪子。

“坦坦确实很乖。什么破说明书！把我们坦坦写得像淘气包一样！”

“就是啊！我们坦坦又聪明又漂亮，明明是猫中贵族！这样的猫猫，养多久我都愿意。”

朋香盯着坦坦，看得已经出神了。

坦坦的两只小耳朵，边缘的毛发是深棕色，从耳后开始慢慢向焦糖色过渡。鼻子一圈的毛色雪白，而那双蓝眼睛周围的毛发又变回了棕色系。它小巧的嘴边长了两撮胡子，嘴巴周围的白色毛发好像松软的棉花糖。

“啊……”

“香香，在猫猫面前，你又夹着嗓子说话了！”大悟放声大笑。

大悟只是暂时没找到工作而已，又不是被自己一直养着。这段时间就算只靠自己赚钱，两个人的生活也完全不成问题，根本不用担心。何况现在多了一只猫，大悟在家也好，这样家里能整洁一点儿，家务活也不用自己操心了。简直完美。

不过，那个医生怎么说的来着？

“完全没有认真负责？”

朋香想，自己明明很认真地在生活着。之前是这样，之后也是这样。

第二天，预约的客户来到了事务所。但她比约好的时间提早了整整半小时。朋香和纯子还没做好准备，客户的到来让她们两个措手不及。

客户是个五十多岁的女人，在祇园经营一家精品店，专门卖衣服和包包。

前一阵，她看中了朋香设计的包包，下了一笔大单。绝对不能让这种重量级客户干等着！朋香连忙把她请进了二楼的办公室。设计草图和一些布料样式在桌上凌乱地摊开，纯子正手忙脚乱地收拾着。

“哎哟！就这样吧，你们别忙啦。二位可真是大忙人呢！看来贵公司生意相当红火啊！”

如果真的把这句话当作溢美之词，那可要让人笑掉大牙了。京都人总是能笑眯眯地说出阴阳怪气的话。这位客户明显是在讽刺她们——连桌子都没收拾干净，对我这个大客户简直太不走心了。

“梢姐，实在不好意思。我一直思考设计一款最适合您的包。所以刚才太沉浸于画草图，不知不觉就忘了时间……”

“哦？是这样啊。”阿梢看了看桌上散乱的设计图，从里面抽出一张。“这张好可爱呀！真没想到啊，高峰小姐！你还能设计出这种风格的作品。”

朋香刚才迷迷糊糊的，随手画了一张坦坦的画。她仅用寥寥几笔，就完美地展现出坦坦的神韵。自从把坦坦带回家，猫猫便开始频繁出现在朋香的创意里。不知不觉中，她的设计图已经被猫猫“占领”。

“啊！那个是……”

“这个真的很可爱！我之前订的那款包包，想让你多设计几个型号。然后你再看看，能不能把这个猫猫的元素也加进去？看起来不要太幼稚，也不能太廉价。有什么点子吗？”

“那……可以加一个真皮挂坠，把猫猫的图案烫金印上去。或者做一个可拆卸的化妆包。五金件要用深色的，这样看起来复古一些。”

“嗯！不错不错。祇园里很多老板娘都特别喜欢猫猫，她们肯定会满意的！对了，我有几个朋友也很喜欢猫猫。之前我和她们提过你的设计很棒。下次有机会，你把猫猫也一起带来吧！”

“没问题！”

趁着阿梢正在兴头上，纯子看准时机，递上了包包的样品。阿梢心情大好，她简单看了两眼，就又追加了一笔订单。

“不得了！”纯子笑着说。

“真的是！多亏了坦坦。话说回来，就算她是客人，也得守时吧！她说来就来，还在这儿阴阳怪气的，说什么‘就这样吧，别忙啦’！难道咱们就没有其他事情要做吗？”

“那个……”美月怯生生地开口，“梢姐之前打过电话，是我接的。她确实说了，她要把预约的时间提前……”

“什么情况？美月，你忘了提醒我们？”

“对不起！文员辞职以后，我的工作一下子变多了。她打电话的时候，我手里还忙着其他事，就……”

就什么？就给忘了？

能不能上点儿心啊！朋香刚要发火，纯子赶紧上来打圆场。

“要不是这样，你的‘猫猫大作’说不定还没法推广出去呢！要不……再多设计点坦坦的其他造型？或者干脆让它做我们的形象大使？”

“可以呀！猫猫很流行的！”

美月的忐忑顿时一扫而空。她这个人总是摇摆不定。别人一抱怨工作辛苦，她就跟着附和；纯子劝了她两句，她就又跑回来工作。可是，工作时她还是会习惯性地找来一堆借口。这种人虽然有点儿随性，但活得应该很轻松吧。朋香觉得，自己无论如何是学不来这一套的。

“形象大使……”

朋香一边喃喃说着，一边看向自己的草稿。这幅素描还没有上色，只有一个猫脸的特写。真把它当成商标的话，未免太过草率。如果在此基础上修改，还需要更精准的数据。

坦坦从来到家里的第一天起，就非常乖巧。它的动作也十分轻柔。每次朋香一摸它，它就主动跳到朋香的腿上。就算一直被主人抱在怀里，它也不会乱动。它简直像一个柔软的沙发抱枕，任人抚摸。想到坦坦的手感，朋香的表情温和了不少。

美月下楼后，纯子笑着说道：“朋香，真有你的。”

“有我的什么？”

“猫猫啊！一说到猫猫，你就一脸宠溺。坦坦是从六角街那家诊所带回来的吧？你好像超级喜欢它啊！”

自己的心思被纯子说中了，朋香的脸顿时红了。她自己还没有反应过来，谁想到一副猫奴的样子已经被一览无遗。

“也没有啦。养着养着，发现猫猫还挺可爱的。”

可不只是可爱。要是纯子看到自己在家里为坦坦神魂颠倒的样子，肯定要惊掉下巴了。

“有照片吗？”

“有倒是有。”

当然有了。朋香把手机递给纯子，纯子笑嘻嘻地翻看起来。但她发现，相册里都是坦坦的照片，根本滑不到尽头。纯子不由得有些吃惊。

“这也太多了吧！而且这不都一个样子吗？”

“哪里一样！每一张都不一样好吧！这能激发我的创作灵感。你看这张，它的蓝眼睛深邃得好像能把人吸进去呢。”

“嗯，对对对。但我真没想到，你这种爱干净的人，竟然还能养宠物？”

“那是因为坦坦很乖啦。而且，照顾它的基本都是……”

是大悟。话已经到了嘴边，又被朋香咽了回去。

坦坦的饮食起居，都是大悟负责，朋香只是下班后才会陪它玩一会儿。难道要和纯子说，大悟又辞职了吗……

其实，纯子也知道大悟总是换工作。但朋香真正的心结，是她和大悟的关系。他们两个交往了这么久，却始终没能修成正果。朋香怕纯子会追问下去，所以没有提起大悟辞职的事情。

她不露痕迹地转移了话题。只要自己努力工作，就不用担心大悟有没有固定收入了。所以，她必须设计出人气产品。

“对了，你看！看这张。”

朋香看着自己画的草稿。

布偶猫是名贵的品种，她们设计的包包的受众又是成功女性，用布偶猫做商标简直再合适不过。朋香看着照片里那双海洋般的眼睛，不由得感叹。

还有圆滚滚的猫爪，和猫爪下的肉垫。朋香第一次摸到猫猫的肉垫时，就惊叹于那软乎乎的手感。柔软的肉垫按下去后，马上又会弹回来，真的像优质橡胶一样。

这种奇妙的手感，能不能也应用到自己的设计里呢？但朋香一时间还没什么想法。况且，还有两天，就得把坦坦还回去了……

但现在还不行。现在的自己，还不能离开坦坦。

“我得再多设计几个图案。你帮我跟客户说一声，交货时间需要延后。我出去一下，这儿就交给你啦。”

说完，朋香就走出了店门。

朋香推开诊所的门，看见护士正坐在前台。

她抬起头来说道：“高峰小姐，您的猫猫处方还得继续‘服用’几天。”

护士严肃的口吻让朋香有些生气。近距离仔细一看，她好像比自己年轻一些。上次耍“酒”疯的事，难道这么快就忘得一干二净了？在这里装什么装……朋香忍不住想怼她两句。

“今天没喝木天蓼茶吗？您上次飘飘欲仙的样子，就跟猫猫吸了猫薄荷一样呢。”

护士听了，却仍然面无表情。她稍微抬了抬眼，说道：“您现在想笑吗？忍忍再笑吧。医生就在里面，请不要让医生等。”

一个护士居然敢这么对病人说话！

朋香黑着脸进了诊室。今天，医生看上去也很清醒。他面带微笑，态度和善，比那个臭护士强多了。

“高峰小姐，您脸色怎么这么难看？看来猫猫处方好像没怎么起效。不应该啊，都这么多天了。”

医生用力伸长脖子，盯着朋香的脸。突然，他又往后一仰，随即再次把脸凑了过来。

“怎么说呢……跟预想的效果不一样啊！奇怪了……难道是猫

猫处方没有对症下药？”

医生自言自语。他的脖子左歪一下，右歪一下。朋香从来没见过这种医生。

“医生，您给我开的坦坦……呃，那只布偶猫，能不能多借用两天？我接到一个订单，打算以这只猫猫为原型设计产品的图案。所以我得把它留在身边，再多观察一段时间。我想好好完成这个订单……”

“布偶猫？”医生眨了眨眼睛，开始敲击键盘，“完了完了！开错‘猫方’了！高峰小姐，不好意思啊！之前给您开的那只猫猫错了。您‘服用’的那只布偶猫，是一只母猫，叫糖糖。她是猫咖的‘老员工’了，性格温顺。怪不得没什么效果呢！”

医生连珠炮似的，一口气说了一堆话。

一股无力感让朋香向椅背靠去。这到底是个什么地方啊？

她感觉自己受骗了。

“那个……我之前没看过心理医生，所以不大清楚。你们做心理治疗的人，一直都是这种治疗方式吗？”

“您误会啦！我可不是什么心理医生，这里也不是做心理咨询的地方。嗯……这么看的话，您这两周一直在‘服用’其他猫猫。”

医生盯着电脑屏幕，抱着胳膊，一脸很是为难的样子。

朋香十分惊诧。

“您不是心理医生？那你们这里怎么叫心灵诊所？”

“因为我经常去心医生的医院。而且我和千岁都只知道这一家医院，就顺手起了这个名字。说起来，那里真是个好医院！而且须田心医生可是救过我的命呢！哦哦哦，对了，我再给您开一副猫猫处方。请同时‘服用’糖糖和坦克，两周一个疗程。您看怎么样？”

眼前这个神经兮兮的男人，竟然说自己不是心理医生。怎么样？我哪知道该怎么样？所以……这里到底是什么医院啊？

“再开一份猫猫处方？您是说再多给我一只猫猫吗？”

“没错，两只同时‘服用’，保证药到病除！”

“我不是担心这个。我是说，同时养两只猫猫……”

“不方便吗？同时照顾两只猫猫，感觉有困难？”

“呃……倒也不是……”

“您觉得有压力，是吧？唉……也对，一下子养两只猫猫，您离真正学会认真负责，不就更远了嘛……算咯算咯，我还是不为难您养猫猫了。”

看着医生贱兮兮的笑容，朋香只觉得气不打一处来。她努力平复情绪。自己现在养坦坦，几乎不需要费心，再多养一只应该也不成问题。而且，多一只猫猫，自己创作的灵感说不定也会更多。

“我没问题！不就是两周嘛，我当然可以的。我会好好照顾坦坦和另一只猫猫的！”

朋香语气坚定。医生微笑着点了点头。

“好吧，那我就请原本上一次想给您开的坦克出马了。请您同时‘服用’两副猫猫处方。哦，对了！这是您家里那只布偶猫的说明书，给您。亡羊补牢，应该为时不晚吧，啊哈哈哈。”

为时不晚……真有脸说！朋香忍着怒火，接过了说明书。

“糖糖，雌性，四岁，布偶猫。早晚各喂一次，适量即可。饮用水常备。及时打扫粪便。基本无须特殊照顾。该猫猫颜值高，温顺亲人，接触对象易出现上瘾反应。请与其保持一定距离。若受猫猫影响出现幻觉、幻想，请及时联系医生。谨记。”

朋香读完，面部肌肉有些僵硬。原来，自己对坦坦……呃……糖糖出现了上瘾反应。怪不得最近总是出现幻觉。这让朋香不禁怀疑刚才的决定是否正确，再养一只猫，自己的压力可能会变得更大。

“咦？您怎么了，高峰小姐？”

医生似乎察觉到了朋香眼神中的犹豫，目不转睛地盯着她。

“唉，果然，您觉得有压力吧？要是照顾不了，就算咯。”

“当……当然不是！我肯定能照顾好它们！”

“哎呀，那就太好啦！啊哈哈哈……哦，对了！这两副猫猫处方，您都要按时‘服用’到最后哟。如果中途中断几天，之后药效就不灵了。千岁护士，带猫猫过来。”

重要的事情你怎么不早点儿说啊！

朋香还没来得及抱怨，装着猫的宠物箱，就已经放到了自己的跟前。

朋香搜索了全网，眼前的场景，被猫奴们亲切地称为“夜跑”。

她筋疲力尽地坐在地板上，看着真正的坦克以迅雷不及掩耳之势满屋子乱蹿。到底……怎样……才能让坦克停下？瞧它这势头，是无论如何也抓不住这位夜跑健将了。再说了，就算抓到了坦克，它也不会乖乖待着。

朋香感觉自己的身体软塌塌的，像是一团煮烂了的菠菜蛋糕。哦，不对，应该是一块融化的芝士，这么说或许更贴切。

美短坦克向前冲去，然后“咻”地一下蹿到了墙壁上，借着墙上的这个落脚点，又闪电一样蹦到了桌子上。

这莫非就是传说中的——风遁！这种高难度的招式，几乎只在忍者片中出现。不过，我们这位猫咪忍者似乎用力过猛了些。只见坦克脚下的桌布一滑，直接将它“打包带走”，卷到了地板上。堂堂一代宗师，哪里咽得下这口气，坦克二话不说便和邪恶的桌布缠斗了起来。

本来温和的糖糖，也被坦坦的激情拨弄着神经，变得充满了斗志。它也对身边的各种东西使出了“手里剑”。紧接着，二位高手展开了一场激烈的角逐，凡是阻挡了这场对决的障碍统统都被撞到了一边。此时，奶油面包一般的小爪子，已然成了无情的利刃。

坦坦再次蹿上了桌，又蹦到了碗柜上。原本一脸茫然的朋香，瞬间又被拉回了现实。

“大悟，快抓住它！那儿太高了！太危险了！”

“哦哦，好！”

大悟也顿时回过神来，连忙去抓猫。眼看坦坦钻进了柜子和天花板间的缝隙，大悟只好努力伸长手臂。就差一点儿了！可是，说时迟那时快，坦坦身子一伏，屁股一撅，竟然又蹦了出来。

坦坦简直就像一个弹簧玩具！朋香和大悟屏住了呼吸，注视着坦坦轻盈地落在了地板上。它宛如一团蓬松的大棉花，飘落在地面，几乎没有发出一点儿声响。

因为——肉垫。猫的四只爪子上，都嵌着粉嘟嘟的肉垫，像厚厚的缓冲垫，能够吸收一切冲击力。

“香香，我真的捉不到啊……要不算了，咱们先睡吧。”

大悟深深叹了口气，脸上写满了困意。

朋香瞪了他一眼。他追了坦坦这么久，连尾巴都碰不到。只有自己还在强打精神，想捉住两只猫。结果呢，猫没捉到，却弄得满手是伤。

浅灰色的毛发上分布着黑色的条纹，椭圆的脸盘上竖着两只小耳朵。美短坦克，正是第一份说明书上的那只猫。作为一只纯种美短，它不仅漂亮可爱，还强壮结实。猫如其名，它的体格如同坦克一样健硕，不论地形如何，都能如履平地。坦坦的一张小嘴也像极了坦克的炮口，充满了压迫感。

坦坦的眼睛是浅棕色的，在阳光下还会带点金色。如果说糖糖淡蓝色的眼睛代表魅惑，那坦坦的眼睛便给人一种十足的力量感。猫猫的眼睛着实不可思议，侧面看去，像是脸上镶嵌了两颗透明的玻璃弹珠。

朋香从诊所回来后，便将坦坦放了出来。可它却躲到了角落里，一直不肯出来。朋香为坦坦准备了猫粮和水，它也只是趴在地上，一动不动地盯着食物。同样都是初来乍到，糖糖当时可是十分乖巧的。可是，坦坦显然还未能适应这个新的环境。即便到了晚上，它也不肯出来。于是，朋香干脆将两只猫留在了客厅里，关灯后便离开了。

于是，到了深夜，两只猫就开启了“夜跑模式”。

一眼望去，窗帘因为承受不了坦坦的重量，已经被扯下了大半，碗柜上也都是坦坦留下的抓痕。

朋香不曾想过，猫竟然能这么闹腾。就连平时乖巧听话的糖糖，也开始在地上打滚。看着饱受摧残的靠垫、座钟还有精致的餐具盒，朋香万分后悔，自己为什么没有收好这些东西？

“先别管猫猫了，它们玩累了肯定会去睡的。”

“等它们玩累了，家都快被拆得差不多了！”

“没事的，明天我来打扫。客厅得好好清理一下了，还得让这只美短在白天多运动会儿。它刚来这个家，一定有压力的。”

“嗯……”

“那明天，我就和坦坦一起玩咯！”

朋香突然意识到，大悟不用外出工作，可以一整天待在家里，而自己需要好好睡觉，为明天的工作养精蓄锐。所幸，糖糖和坦坦貌似已经玩得尽兴，终于不再闹腾了。

朋香一早起来，看到客厅像是整晚遭受了龙卷风的侵袭。既然大悟主动说要收拾，她也就没再管，径直去了店里。虽然昨晚没睡好，但她也尽量打起了精神。本以为一切都和平时一样，可没想到一见面就被美月发现了异常。

“咦？朋香，你背后怎么沾了那么多毛？难道衣服就是这么设计的吗？”

“毛？”

朋香转头一看，自己背后确实沾满了猫毛。她明明特地照镜子检查过的，没想到出门前没留意，在椅子上坐了一会儿，就成了这个样子。

“哎呀，真是的！”

朋香不禁有些烦闷。作为一名时尚设计师，她对自己的形象格外注意，今天却是这副狼狈样。甚至，这种状况还要再持续两周那么久。

“唉，家里要照看两只猫猫，这些都是它们的毛。就一晚上的工夫，我家都要被它们拆了。”

“哇！没想到。我以为，朋香出马，肯定能镇得住猫猫的。哦，对了。你那位喜欢猫猫的朋友说，希望今天中午能拿到设计图。”

“啊？怎么联系得这么突然，我怎么可能赶得及啊！”

“我昨天给你发消息了，你没看吗？”

美月盯着朋香，眼神像是在问责。朋香心虚地深吸了一口气。

“阿梢真是个急性子……行吧，反正我也没什么事，而且今天是工作日，店里应该也不忙。”

朋香交代美月联系客户，自己在事务所构思新作品的设计图。时间过得很快，一转眼便来到了午后。阿梢介绍的客人来到了店里。

客人身着一身和服，但显然，这只是她魅力的加分项。她把刘海梳了起来，一头秀发清爽地盘在脑后，她的打扮和气质昭示了她的身份——一位艺伎。

“您好，我是独乐屋的浴野。突然到访，给您添麻烦了。我看到您为阿梢做的包，觉得很漂亮，我也很喜欢，就缠着她告诉我是在哪里买的。”

“感谢您的认可。您说的独乐屋，就是祇园那边的老店吧？原来浴野小姐是一位艺伎。”

之前，朋香的注意力都在浴野那出众的气质上，面对面看过才注意到，这位艺伎小姐的模样很眼熟。虽然眼前的她看起来更温柔、更亲切，穿着打扮也和之前不一样，但这张脸……不就是那家奇怪诊所的护士嘛！

“浴野小姐，您还在中京兼职做护士呀？”

“护士？没有呀。我是祇园的艺伎。除了参加宴会的时候，我穿的都是日常的休闲装，也没有打扮成护士的癖好哟。”

尽管浴野的笑容十分优雅，但朋香越仔细看，她就越像那个护士。不，不如说她们两个看上去简直就是同一个人！

难道是打了两份工……同时兼职艺伎和护士？

可是，从浴野大方得体的笑容中，又看不出任何破绽。记得那个护士的名字是千岁，艺伎也好，护士也罢，工作都不轻松，兼职应该不可能吧……

“不好意思，是我去的一家诊所，有一位名叫千岁的护士，她和浴野小姐的相貌真的很相似。”

朋香笑着说完，看了一眼浴野后，一下子惊呆了。

浴野的表情像是换了一个人，面部变得僵硬，眼睛也直勾勾地盯着朋香。

“您说的……是千岁……吗？您见到千岁了吗？您是在哪里见到她的？！”

面对一步步紧逼的浴野，朋香吓得连连后退。

“是哪里来着……那个……是六角街那一带的小路里，有一家奇奇怪怪的中京心灵诊所，是在那里……”

“心医生的诊所吗？千岁是在须田宠物医院吗？”

“宠物医院？”

两个人说话明显不在一个频道上。

浴野的眼神中，流露出复杂的情感，祈求中掺杂着一丝痛苦。

“怎么回事？”

朋香站在十字路口正中间，左看看，右看看。难道自己没注意，已经走过去了？

浴野在蛸药师街的转角，紧张地看着朋香。此刻，她就像一个委屈的小孩子，正努力把眼泪憋回去。

“浴野小姐，你先别急。我记得应该就在这附近的。”

朋香说完，又沿着街道绕了一圈。她一栋一栋地仔细确认着路边的建筑，却怎么也找不到记忆里的那条巷子。通往中京心灵诊所的路就这样消失了。

“奇怪了……之前明明有一条昏暗的小巷子，巷子尽头有一栋楼。那家诊所就在五楼，我去过两次呢！难道不是这条街？不应该啊……”

“你说的真的不是须田宠物医院吗？”

浴野怀疑地皱起眉头。两个人都有各自的想法，始终不在同一频道上。

“不是啊！不是宠物医院。是心理……呃，也不能说是心理医院。反正就是和心理问题相关的诊所吧。总之是个神奇的地方。”

这番解释听得让人着急，但朋香实在说不明白。她抵挡不住浴野的恳求，才带她来找那家诊所，谁知怎么找也找不到。

浴野低下头，像是陷入了沉思。朋香不禁也开始怀疑起来——难道之前发生的一切都是梦？不可能呀，坦坦和糖糖昨晚还把家里弄得一团乱。猫猫是真实存在的啊。

“那个……”浴野试探性地问道，“您刚才说诊所在一栋楼里，那栋楼是不是叫‘中京商业大厦’？楼又窄又高，还很旧，一共有五层。”

“我也不知道楼叫什么名字，不过确实像是您说的这种感觉。浴野小姐，您知道那栋楼？”

“小千……千岁以前在那儿。她是在那里出生的。”浴野神色黯淡地说。

这次，换成浴野带路，两个人又沿着街道开始绕圈。沿着麸屋町街走到一半，浴野在一栋楼前停下了脚步。朋香抬起头，一下子目瞪口呆。

“怎么会在这儿？应该有一条巷子，楼在巷子最深处才对啊……”

“这就是中京商业大厦，它本来就在这儿呀。按照您之前说的，千岁应该就在五楼。”浴野说完，便走了进去。

这已经不能用神奇来形容了，而是到了令人惊悚的程度。但坦坦和糖糖确实都是从这家诊所带回来的。无论如何，朋香必须问个清楚。

狭长的走廊十分昏暗，和记忆中一样。朋香的目光划过一扇扇房门——这里的公司看起来都很不靠谱。她直奔前面的楼梯，一口气爬上了五楼。

从里面数第二间就是了。还没等朋香开口，浴野已经站在了诊所门前。显然，她来过这个地方。浴野握住门把手，却迟迟没有下一步动作。她咬紧嘴唇，看起来十分痛苦。朋香见状，上前替她转动了把手。

“咔嗒——”金属零件发出冰冷的撞击声。门被锁上了。

“这是个空房子。”

突如其来的声音把朋香吓了一跳。她抬头一看，一个男人正从走廊另一头走来。他穿着一件夸张的衬衫，整个人看起来有些油腻。

“你们要是想看房子的话，可以联系一下物业。但我劝你们，最好别租！这间房子可邪门得很呢！”

“邪门？”朋香皱起眉头。这个男人看着就不像好人，说的话更让人摸不着头脑。

“没错。这房子明明没人住，但我总能听见怪声！一会儿有人说话，一会儿又是猫叫。你们要是搬进来，可有的受了！该说的我都说了，之后可别怪我没提醒你们哈！”

男人走过来时，眼珠子还是直勾勾地盯着她们两个。他的目光在浴野身上停留了许久，随后他便走进了隔壁的房间。

“空房子……”朋香喃喃自语道。这不可能啊。

朋香回过神来，见浴野已经走下楼梯，便赶紧追了上去。走出大门，朋香再次抬头，审视起眼前这栋楼。这栋楼确实面朝大路。

“现在到底是什么情况啊？真是服了！这究竟是什么地方啊？千岁又是什么人啊？”

“我只要千岁回来，其他都无所谓……”

朋香还是一头雾水。而浴野沉浸在自己的悲伤中，根本没心思回答朋香的问题。她看起来快要瘫倒了。

“浴野小姐……您还好吗？”

“我没事。”浴野眼角含泪，挤出一个微笑。“高峰小姐，谢谢您陪我到这儿来。包的话，我之后再下单可以吗？”

“那都好说。我只是担心您……”

“我可真是没出息。在别人面前，总是忍不住掉眼泪。真是的，我要坚强一点儿啊！哦，对了，这栋楼后面就是心医生的医院。须田心医生开的宠物医院。”

最后，朋香还是什么都没搞清楚。她和浴野分开后，回到了事务所，却根本无心工作。

“对了，朋香。当季产品图片的主页排版做好了吗？”

纯子说完，朋香才猛然想起来。

“抱歉抱歉！马上就好。”

“客户来催了，说下周之前要。工作要适度，休息也要适度哟！”

听到纯子的打趣，朋香攥紧了双手。

我根本没来得及休息！我一直很认真，很努力。要不是那两只猫昨晚“夜跑”，我怎么可能头脑不清醒！要不是总想起浴野悲伤的样子，我怎么会精力不集中！

朋香一连几天都很早回家，但今天她决定工作到深夜，来惩罚心不在焉的自己。当她拖着疲惫的身躯回到公寓时，迎接她的却是一片黑暗。

“我回来了。大悟？人呢？”

屋子里一片寂静。朋香打开灯，发现房间还是和早晨时一样凌乱，她愣住了。这时，玄关的门开了。是大悟回来了。

“啊——香香！对不起，对不起！刚才突然有个朋友叫我去喝两杯。”

大悟喝得满脸通红，站也站不稳，跌跌撞撞地走进了客厅。

“啊哈哈！真乱啊！喵——小猫猫们！都上哪儿去啦！坦坦——糖糖——快出来呀！爸爸回来咯——”

大悟笑嘻嘻地满屋子找猫。看着他这个样子，朋香突然明白了。

应该再努力一点儿的人，不是自己。

最应该认真负责的人，也不是别人。

她难以容忍的一切敷衍，其实，都源于大悟。

正是该奋斗的年纪，他却动不动就辞职。这样下去，到底什么时候才能结婚？或者他本来就没想过要和自己结婚。就算他想结，也未必是真心喜欢自己。

“你适可而止吧！”朋香咆哮道。

这一刻，她压抑已久的情绪，如同决堤的洪水，刹那间倾泻而出。

“你年纪轻轻的，连个正经工作都没有！也不去见我爸妈，更没提过和我结婚的事！你从来就没考虑过我们俩的将来！你能不能负点儿责任？能不能像个样子？我累了，真的累了！该认真的人、该努力的人，根本就不是我！”

多年来的不满，终于得以宣泄。声嘶力竭的怒吼让朋香的呼吸变得困难。

对了——她本来还想说，大悟每次辞职，两个人结婚的日子就变得更加遥遥无期。

朋香终于听见了自己的心声。尽管她在纯子和美月的面前总是逞能，但朋香知道，有很多事情自己也无能为力。不过她一直告诉自己“你已经很努力了”。她也试图相信，就算大悟没有定性也不要紧。

朋香的暴怒让大悟不知所措。他张了张嘴，随后羞愧地低下了头。

“对不起，香香……我没想到你会这么生气。我之前一直忽略了你的感受。”

看着大悟沮丧的样子，朋香恢复了几分冷静。她甚至因为对大悟发火，感到有些歉意。

“我不是故意发脾气的。但你以后能不能稍微……稍微考虑一下我们俩的未来。别再过得那么随性了，规划一下未来，好不好？”

说了这么多，大悟会不会觉得自己在逼他结婚呢？但不管他回答什么，反正这样发泄完，自己心里舒服多了。

朋香突然笑了。

大悟也有些不好意思地笑了。

“香香……其实我不知道该怎么开口。因为我一直没有个像样的工作……”

这时，猫叫了。但声音听起来和平时不太一样。

“糖糖？”

糖糖从房间的角落慢慢走了出来。它一改往常优雅的样子，耷拉着脑袋，步伐摇摇晃晃。

还没等朋香反应过来，又传来一阵剧烈的咳嗽声。是坦坦。昨天它还在房间里撒着欢上蹿下跳，现在却连路都走不稳，只能缓慢地向朋香的方向移动。

“坦坦！你怎么了？怎么这样了……”

朋香跪在地上，伸手抱住坦坦。坦坦却“哇”的一声吐了。另一边，糖糖也痛苦地呻吟着，开始呕吐。

“坦坦！糖糖！”

两只猫毫无生气地瘫软在地上。朋香的大脑一片空白。大悟看着趴在地上的猫，顿时清醒了。

“香香！快带它们去医院！”

“医院？但都这么晚了，哪儿还有医院开门啊！”

“我来查！你先把它们吐出来的东西装好，一起拿去医院。它们俩可能是吃坏了肚子。”

“嗯！嗯！知道了！”

朋香紧张得双手发抖。但她还是按照大悟说的开始行动，把两只猫装进了箱子里。大悟一番搜索，打电话和医院确认过后，两人便赶紧上了出租车。还好有一家医院是24小时营业的——须田宠物医院。

须田医生已经年过六旬，两鬓斑白。他在睡衣外面披了件白大褂，随便穿了双拖鞋。他的头发睡得乱蓬蓬的，但也顾不上太多，就急匆匆地赶到了诊室。

“嗯，应该已经吐得差不多了。”

须田医生分别检查了坦坦和糖糖后，温柔地说道。他的双手似乎有某种魔力，在他的抚摸下，两只猫都乖顺地躺在手术台上，任他摆弄。宠物医生果然有一套！朋香一边看着一边暗暗感叹。

须田宠物医院就在中京商业大厦的后街。朋香本以为，像这种24小时营业的都是一些大医院。但须田宠物医院却挤在两栋小楼中间，空间狭小，而且里面似乎还用作住宅。医院的正门处没有玄关，只能通过旁边的小门进去。整个医院里只有诊室的灯还亮着，这还是为了急救特意打开的。

须田检查了两只猫的呕吐物后，解释道："猫猫应该是误食了家里的观赏植物。幸好这次症状轻，不用洗胃。要是吃了百合或者龙血树，那就麻烦了！这些植物毒性强，一旦被猫猫的身体吸收，可是很危险的。当然，还有其他很多植物也都是猫猫克星。家里养猫的话，最好就别放这些盆栽啦。"

须田的语气平和又缓慢，完全没有责备朋香和大悟的意思。甚至听起来，他更像是在教导两只猫猫。

观赏植物？朋香和大悟对视了一眼。

把糖糖接回来之前，客厅的窗边确实有个装饰用的盆栽。但为了以防万一，大悟早就把它搬走了。

"我明明放在架子上面了，它们应该够不到啊……"

"肯定是昨天猫猫夜跑的时候掉下来了！如果早点收拾一下的话……不对，说明书上都写了，要撤去危险物品，都怪我没认真照着做……"

"不，应该怪我！我说了要打扫房间，还出去喝酒。糖糖，坦坦，对不起！都是爸爸不好……"

“不不不，是妈妈的错。糖糖，坦坦，妈妈对不起你们！”

两个人都争着往自己身上揽责任。这时，须田医生拿来了药。现在已经是深夜，他却还是如此耐心。

“须田医生，谢谢您！这么晚您还愿意出诊，真是帮了我们大忙了！”朋香连连道谢。

须田的嘴角微微上扬。

“动物生病可不分白天还是晚上啊。而且它们又不能像人一样，随时叫救护车。”

确实如此。家附近有没有宠物医院？如果过了医院的营业时间，或者赶上医院休息的时候，猫猫身体不舒服该怎么办？如果养猫的话，这些问题都必须提前考虑好。

朋香再次扫视了一下医院里的陈设。这里不仅建筑老旧，就连手术台、电灯、标本、塞满了厚重医学书籍的书架……一切都显得十分陈旧。还有显微镜和X光机，看起来也有些年头了。

须田医生自己也上了年纪。也许这家医院已经扎根于此多年了吧。网上搜索的结果显示，这里能进行急救诊疗。但朋香没想到，这种规模的小医院竟然半夜还照常营业，这确实十分难得。

“这里只有医生……须田医生您一个人吗？”

“晚上只有我一个人。不过白天还有其他员工能帮忙。如果你们有什么需要，随时都可以来找我。也可以给我打电话。那两位慢走，我就不送啦。”

须田医生看起来有些倦意。他的语气听起来十分温柔，但保持了恰到好处的距离感。

朋香抱着坦坦，大悟抱着糖糖，两人离开了医院。

大悟掏出手机说：“我来叫车。”

“对了，大悟……”

“嗯？”

“刚才你话还没说完，因为一直没有个像样的工作……然后呢？”

大悟听后，瞪大了眼睛。

“没……没有啊，我是说……因为没有像样的工作，所以，所以……还是等我找到工作再说吧！你看！车来了！”

大悟慌慌张张地逃到了马路对面。朋香呆呆地望着他的背影。果然，还得靠自己努力。等他找到工作，就立刻马上把他“绑”回家见爸爸妈妈！

朋香喘着粗气爬上了五楼。她两只手各提了一个装着猫的箱子，双份重量让她的腿直发软。她费了好大劲才推开诊所的门，一抬头就看见护士正坐在前台。

护士还是一如既往的冷淡。她微微低着头，那张脸像极了浴野。

不对！再仔细看看的话，这个护士显得更高冷一些。

护士抬起头，说道：“高峰小姐，您是来归还猫猫的吧？里面请。”

朋香走进诊室，坐下等候医生。

在“服用”猫猫处方的这几天，朋香想了很多。说不定找不到那栋楼了呢。就算找到了，说不定门也是锁着的。

这样的话，她就可以心安理得地把两只猫据为己有了。

她想象着和两只猫猫一起生活的日子，灵感不断涌现，各种猫猫图案跃然纸上。最终的商标，是一个看起来可爱又机敏的猫猫图案。它的耳朵边缘是深褐色，像糖糖一样。额头和脸颊上有均匀的斑纹，这个部分参考了坦坦的模样。它的眼睛融合了两只猫猫的特点，像两颗纯净透明的玻璃弹珠。在此基础上，朋香还加了一些阿梢喜欢的元素。当成品呈现在纯子面前时，她满意地连连点头。

“圆满完成任务！真不愧是我们的大设计师啊！看你最近一直埋头苦干，我还以为进展不顺利呢，没想到是不鸣则已，一鸣惊人啊！”

“什么呀！少来啦！提前说好，这可不代表我们要往可爱风或者动物风转型。咱们品牌的主要受众，还是可以有多面风格的成功女性！”

“哦哦，就是‘甜酷兼备’嘛。确实很符合猫猫的形象！那我们的受众还和以前一样，以中产职业女性为主？毕竟我们女生，无论到了什么年纪，对可爱的东西都毫无抵抗力嘛！”

随后，纯子便像往常一样，开始计算成本。因为有纯子在，朋香的各种设想才得以实现。也多亏了她，这家店铺才被打理得井井有条。朋香想到这里，感谢的话脱口而出。

“谢谢你啊！纯子……”

“哎哟，竟然跟我还说这些客套话！不过最近你在为人处世这方面，确实柔和了不少呢！该不会是因为上年纪了吧？”纯子笑着调侃道。

坦坦毫不收敛自己顽皮的天性，每天晚上雷打不动地夜跑健身。不过淘气归淘气，它撒娇也很有一套。坦坦和糖糖每天都露出肚皮争宠，争着让朋香抚摸。不管朋香怎么摸它们，两只猫猫都总是一脸意犹未尽的样子。大悟还嘲笑朋香，再这样无节制地摸猫，当心得腱鞘炎。真是不可思议！现在就算衣服上沾满猫毛，朋香也没有以前那么在意了。

今天出门前，大悟没有和朋香一起来送两只猫猫。他让朋香趁自己不在的时候，把猫送回去。说完，他就匆匆转身走了。

思绪回到诊所，医生走了进来，脸上挂着温柔的笑。

“哟！状态很好嘛！看来猫猫处方效果不错呀！”

“是呢。”朋香点了点头。从踏入诊所的那一刻起，朋香的眼睛便湿润了。她还想最后再捏一捏猫猫们的肉垫。她想再感受一次，弹性十足的肉垫滑过指尖的感觉。那种奇妙的手感。其实，她第一次摸到肉垫的时候就明白了——猫猫真的是一剂良药。

“突然要把它们俩都送走，心里空落落的。”

“这就是猫猫的魔力啊！人总是贪恋温暖的东西。现在这种不舍的感觉，会一直留在你心里的。好啦，你们都辛苦了！千岁护士！还要再麻烦你一下，把猫猫带出去吧。”

护士走了进来。她神情冷漠地拿走了宠物箱。猫猫们就这样从朋香的身边离开了。

“猫猫们会去哪儿呢？”

“糖糖的话，当然是重返职场，继续回猫咖打工啦！她的业务能力可是一流的，不管在哪儿都很抢手。患者们为了它，都甘愿放弃自己的原则。坦克嘛，它要回到大别墅里，和自己的小伙伴们一起生活啦。它是家里最小的毛孩子，所以性格天真活泼，是吧？总之，两只猫猫都被当成宝贝哟。”

医生不像在说猫，倒像在谈论人类。他的眼神看起来和猫一样机敏。

“哎哟！预约的患者要来了。那我们今天就到这吧。”

“医生……”

“您说。”

“如果有人来诊所，但发现打不开门，该怎么办呢？”

“门一直是开着的哟！只不过需要本人亲自打开。那请多保重啦。”

医生柔和的语气中透出一丝淡漠。朋香想起前不久给猫猫们看病的须田医生。她觉得这两个人的笑容很像。

朋香走出诊室，前台的护士头也不抬，只说了句“请多保重”。

从外面看，这栋楼似乎跟浴野带她去的中京商业大厦一样。但是，好像哪里又不一样。

朋香打算等工作没那么忙碌，生活也安定下来的时候，就养一只猫。猫猫并不完美，甚至对什么都漫不经心。但正因如此，它们才拥有治愈人心的力量。回去和大悟好好商量一下吧！

朋香转过头去。

什么？！巷子消失了！她的眼前只剩下那栋窄窄的中京商业大厦。那家诊所的门应该又锁上了吧？

但朋香已经无从知道了。

故事五

猫を処方いたします。

明明说好要一直陪着你的

中京心灵诊所

【处方笺】

采访者姓名：浴野　　年龄：27　　性别：女

身份：艺伎

症状：因猫猫走失悔恨难过

【处方猫】

品种	性别	年龄	姓名
苏格兰折耳猫	雄性	5个月	团团

医生：米奥　　护士：千岁

“天哪！原来您是宠物医生呀！”

浴野一边惊叹，一边给须田斟酒。须田满脸通红，看起来有些不好意思。

来到祇园的客人基本都是某某公司的社长，要么就是医生或者律师。浴野还是第一次接待宠物医生。

“是啊！浴野，你不知道吧？这位须田医生可是相——当厉害的兽医！”

说话的人是这里的常客——井冈。他在京都市内坐拥好几栋大楼，是货真价实的富豪。而且他出手阔绰，在祇园这一带颇有名气。如果单看他亮得反光的额头和涨得红通通的脸，总让人误会他是个粗鲁的男性。其实，他为人彬彬有礼，很好相处。

“快！赶紧给须田医生满上！他可是我的大恩人啊！”

“是吗！”浴野不慌不忙地将清酒斟满。须田医生年过六旬，看起来是个老实的男人。他似乎不太习惯这种场合，显得有些局促。

“井冈社长，说什么恩人呢……这可真是折煞我了！您还特意请我到这来，这让我怎么好意思呢……”

“须田医生，快别这么说！您可是帮了我大忙了！”

“哦？这又从何说起呢？”浴野问道。

井冈夸张地皱了皱眉，说道：“我在中京不是有一栋楼嘛。有一个房客跑路了！他欠着房租不交也就算了，还扔下一屋子的猫，就这么跑了！”

“那个人好残忍啊！那些猫猫……”浴野望着须田医生，问道。

须田医生喝完了酒盅里的清酒，淡淡地笑着说：“那个人应该就是偷偷卖猫的猫贩子。租了井冈社长的房间，在里面繁殖小猫，然后拿到网上兜售。可能是遇到了什么事情，不得不跑路了，就把那些小猫都丢在屋子里了。”

“真的太过分了！须田医生，那……那些猫猫怎么样了呢……”

这个时候，已经酩酊大醉的井冈大声吵闹起来。

“什么怎么样？还能怎么样！整栋楼的租户都投诉那里臭烘烘的，我让物业公司的人去看看到底是怎么回事。结果打开门一看，我的天哪！倒是还有没断气的猫，不过也是离死不远啦。就是这位须田老兄，把它们都救回来啦！须田兄和几个义工还收拾了屋子，连死猫的尸体都替我处理掉啦。忘了说了，我可也是付了费的哟。而且呀，我还往那个什么机构捐了一大笔钱呢！”

“在这方面，井冈社长的确从来没有小气过。那时候，据说流浪猫救助中心其实已经举步维艰了。”

“须田兄你不也是一样！给他们的猫呀狗呀治病，收的那点钱跟免费也没啥区别了！这位须田老兄，可真是个值得交往的大善人！”

说完，井冈震天动地般大笑起来。浴野也附和着咯咯笑了。

客人支付了高额的费用，最忌讳的就是看到艺伎摆着一张臭脸。可是，浴野的心情却已经变得低沉，这个故事的结局明显并不好笑。

井冈离开包房的时候，浴野小声问起了须田医生。

“医生，刚才您提起的那件事，得救了的猫猫们后来都怎么样了呢？要是有很多的话，要不要我问问客人们呢？”

“井冈社长说得有些夸张了，其实只有两只小猫得救了。其他的呢，都没有活下来。得救的那两只，还在我的医院里。不过抢救它们的时候，太凄惨了，实话实说的话，八成找不到领养的人家。真的很残忍，这种场合，我都觉得难以说出口。”

须田说完笑了笑，但他的笑容掩盖不住他悲伤的神情。浴野也一样难受，不知该说些什么。她想象不出，那间猫猫炼狱的惨状。

酒席上需要的只有欢声笑语，浴野当然还要像平常日子里那样灿烂地说说笑笑。

浴野是祇园的一位艺伎。初中毕业以后，她就从乡下只身来到独乐屋做了艺伎。如今，二十六岁的她已经可以独当一面了。

艺伎可以靠收入养活自己后，发型、服装和住处等方面就都可以随心所欲了。当然，有的艺伎即使可以自立门户了，也还是愿意继续留在店里，每个月领固定的薪水。浴野就是这样，住在独乐屋里，充当老板娘静江的左膀右臂。

和须田医生喝过酒之后，又过了几天，浴野握着手机，一个人走在六角街上。这一天的她没有穿和服，头发也和街上的女孩子没有两样，只是简单地披在肩上。当然，这一路上也就没有了工作时那些看向自己的、充满好奇的目光。

“是这里了……”

浴野在富小路街停下了脚步，面前是一家医院——须田宠物医院。这家医院看上去十分老旧，和两边古朴的建筑相处得非常融洽。

没想到自己真的来了……浴野的心脏扑通扑通跳了起来。

她刚打算进宠物医院的门，就在同一时间，从对面来了一个男人，两个人差点撞到一起。

男人抢先道歉:“啊！对不起，对不起！”

对方看上去不到三十岁，样子很普通，没有什么显眼的地方。浴野摆了摆手，示意让男人先进去。对方微微鞠了一躬，推门进了医院。

浴野也跟着走了进去。候诊室的样子和普通的医院差不多，只不过墙上贴着的，是给狗狗注射疫苗的介绍。墙上还有宣传栏，上面有很多猫猫和狗狗的照片。

照片上应该都是这家医院的“患者”。一张照片上，一个主人抱着自家的猫，猫的脖子上套着项圈。尽管主人满脸堆笑，但那只猫猫怎么看都是一副很嫌弃的样子。浴野看了照片，扑哧笑出了声，脸上的肌肉也一下子放松了许多。

刚才的男人没有挂号，直接进了诊室。大概是常客，也有可能就是这里的工作人员。浴野没有胆量随随便便闯进去，她对前台的护士说了自己已经预约过之后，就坐到了长椅上。

不一会儿，男人和须田医生一起出来了。须田看见浴野，惊讶地笑了笑。

“浴野小姐，您还真的来了。”

“那当然啦！难道您以为我在开玩笑吗？我可是认真的哟。”

“哈哈，抱歉抱歉！”须田笑了笑。他转过身去，对男人说道：“尾原，多谢你特意跑一趟。下周我去你们救助中心造访！”

“好的，那麻烦您了！”男人礼貌地点了点头。他手里拿着一个简易的塑料箱。透过侧面的网格可以看到，里面有一只猫。

这只猫通体漆黑，全身上下没有一根杂色的毛，宛如深邃的夜空。只有一双金色的大眼睛闪烁着星辰一样的光芒，鼻子和嘴巴都隐藏在了纯黑的毛色中。

男人走后，浴野跟着须田进了诊室。桌子上放着一个箱子，和刚才的男人拿走的那个一样。

“难道刚才那位先生也是来……”

“没错。尾原也是来领养猫猫的。不好意思啦！先到先得嘛，只能让他先挑了。不过，他选的那只猫猫可是个性十足，估计有他受的了！浴野小姐，留给您的是这只猫猫。”

须田把一只手伸进箱子里，轻轻托起猫，将它抱了出来。

“这只三花猫是个女孩子，差不多两岁吧。别看现在它的毛有点儿稀疏，养一段时间就会长出来的。”

须田说着，将猫放在了桌子上。如他所说，这只猫脸上脱毛严重，有的地方已经结痂。它瘦得厉害，连肚子都瘪了进去，甚至能看清肋骨的轮廓。猫身上的毛大多是白色，其中还混杂着一些椭圆形的斑块。白色、黑色和橘色交织，彰显了小家伙略显强势的性格。它的两只小耳朵倔强地立着，古铜色的眼睛闪闪发亮。

“之前在电话里也跟您说过，这只猫猫以前一直被虐待，所以肾功能衰退得很厉害。接下来这几年，还得定期带它来医院才行。说实话，其实就算您费心费力给它治疗，最后也未必治得好。很不好意思，这句话听着好像在威胁您一样，但……浴野小姐？您在听吗？”

浴野根本没听到须田的话。她目不转睛地盯着端坐在桌上的猫猫，正用眼神和它聊得火热。

初次见面。你好哇！我的小猫猫。哇，你身上还有橘色的斑点呢！而且你看起来软软的，好像一团棉花糖！简直太太太太可爱了吧！

“浴野小姐？”

“啊？哦哦哦！其实我提前做了不少功课呢。而且我小的时候，家里面也养过猫猫。那只猫猫是混血，基本不怎么生病。就是脾气不太好，从来不让人摸。这只猫猫是不是也……”

它肯定也充满戒心，不会轻易让人靠近。

浴野正有些失落，猫猫却突然起身，用小鼻子蹭了蹭她的手。

这一刻，浴野的心彻底被“融化”掉了。以前养的那只猫猫去世的时候，全家人都十分悲伤，浴野更是哭成了泪人。自从感受过离别的痛苦，浴野再也没养过猫猫，她顶多在网上看看猫猫的视频。对她来说，猫猫虽然能治愈人心，却始终需要保持距离。

可为什么现在，自己又突然决定养猫了呢？

而且要收养的，还是这样一只身世凄惨的猫。

“猫猫就是这样。”须田微笑着说道：“明明怕生，但还想抓住人类的心。它应该是在……和您打招呼。看来，您被它选中了呢。怎么样，浴野小姐？如果决定收养它，就要做好准备，接受它会离开的事实。您想清楚了吗？要带它回去吗？”

“嗯！”

浴野用力点头。透过三花猫的外表，浴野看见了一颗不屈的心。那样孱弱、那样瘦小的一只猫猫，眼神中却闪烁着骄傲。

“医生，它叫什么名字呢？”

须田摇了摇头。

“它没有名字。它和刚才那只猫猫一起在黑心商人那里长大，都没有名字。您给它起一个吧。从这一刻起，它已经是您的猫猫了。”

“小千！咱们该去心医生的医院了哟！”浴野温柔地说道。

千岁跳上衣柜便不肯下来，它趴在上面动也不动，用屁股对着浴野。不管浴野怎么叫它，它都装作听不见。

“别闹了千岁！赶紧下来！出租车马上就来了。”

浴野假装发火，却丝毫没有威慑力。不过，千岁显然听见了浴野的话。它不耐烦地甩了甩弯弯的尾巴。一年前，它屁股周围的毛还掉得光秃秃的。现在，不仅新长出来的毛油光锃亮，就连屁股都圆润了一大圈。

“你又不给人家好吃的，人家才懒得理你呢！”

老板娘静江笑着走了进来。她亮出手里的猫条，还故意在千岁眼前晃了两下。千岁难以抵挡美味的诱惑，“嗖”地一下从柜子上跳了下来。

“千岁，想不想吃呀？等你乖乖看完医生，这个就归你啦！”

“真是的……您这不是故意馋它嘛！”

“没办法呀！不然它才不会过来呢！唉，都这么长时间了，千岁还是这样。它好像一直不太习惯这里的生活……算啦，就这样也挺可爱的。”

“这么说的话，我岂不是被它骗了！我第一次见它的时候，它对我可亲了呢。我当时还在想，世界上怎么会有这么可爱的猫猫！

谁知道回家以后，它就暴露本性了。女王陛下心情好的时候，才想起来‘宠幸’我们一下！是不是呀，小千？”

千岁才没空搭理浴野，它正眼巴巴地盯着静江手里的猫条。千岁这副样子，把静江逗得哈哈大笑。

“就算被骗，那也只能怪你自己呀！哎哟，外面这天怎么这么黑啊。”

静江透过大大的玻璃窗，向外望去。

“最近天天下大雨，二楼的水管总是响个不停。过两天我得找师傅来修一下。趁着没下雨，你们赶紧去吧！注意安全啊！”

“知道啦。千岁，我们走吧！出发！去须田医院。”

这一天是每月一次的复诊时间。一转眼，浴野收养这只三花猫已经整整一年了。千岁跟着浴野一起住在花见小路的独乐屋。那里还住着其他艺伎和一些来见习的艺伎。店里每天都有很多人进进出出，浴野怕千岁乱跑，就一直让它待在里屋。到了晚上，浴野便和它一起睡在二楼。

前往须田医院的路上，浴野对箱子里的千岁说：“小千，谢谢你。谢谢你当时骗了我。”

现在就算这样和猫猫说话，浴野也不觉得有什么奇怪。出租车司机透过后视镜，悄悄瞥了浴野一眼，但浴野根本没放在心上。

如今的千岁和初见时简直“判若两猫”。它不再是那副灰头土脸的样子，新长出的毛发油亮亮的，充满光泽。它的右眼周围是一圈橘色，左眼周围是一圈黑色。三种花色的碰撞，更凸显了它强势的性格。色彩的交叠，正好在它的额头和鼻子中间形成了一个“八”字。再配上一个翘翘的小鼻子，整个脸蛋让小猫看起来气场全开。

事实也确实如此。浴野每次叫它，它都爱搭不理。有时，这位高傲的女王会像巡视自己的臣民一般，先和浴野对视几秒，之后再漫不经心地移开目光。对视的时间越长，被女王抛弃后的心理落差就越大。

到了须田医院后，还剩一点儿时间，浴野便打量起宣传栏上的照片。这里的“患者”基本都是猫猫和狗狗，也有一些小鸟和兔子。在初诊时和痊愈时，经主人的同意后，须田拍下了这些照片。

千岁的照片也在其中，这是在收养千岁那天拍的。照片上的千岁被浴野抱在怀里。那时，它还十分瘦小，眼角红红的。因为皮肤病，它身上的毛也掉了好几块。

须田说过，千岁必须坚持定期治疗。刚收养千岁的时候，浴野几乎每天都要带它来医院。

现在，千岁只需要每月来一次就好。每当看到这张照片，浴野就觉得，所有的努力都是值得的。

等到千岁完全康复，就再给它拍一张照片。得让大家看看，我们千岁现在意气风发的样子！

这里的第一张照片，是须田的妻子贴上去的。浴野听说，她以前是须田的助手，但几年前过世了。这家医院从建筑到设备，都十分老旧。医生也只有须田一个人。现在的医疗条件如此发达，所以很多主人都觉得，这里提供的治疗还远远不够。

没错，我也要给千岁更好的！浴野盯着照片直出神。

“下一位，竹田千岁！”

听前台叫到千岁的名字，浴野赶紧带它进了诊室。须田穿着白大褂，露出一个让人安心的笑容。

“来，让我看看！”

须田的语气十分温柔，像在哄小孩子一样。千岁平时最讨厌别人碰它，但每次一到须田这里，它就变得非常听话。浴野一直很佩服宠物医生的专业手法。须田轻轻按了按千岁的身体，又给它做了血液检查。之后，他对浴野说道：“检查结果中的指标情况还是不太好啊。”

“嗯嗯。”浴野点了点头。来的路上，她一直在期待奇迹的发生。千岁还这么小，一定能康复的！但奇迹却没有眷顾千岁。其实，从浴野遇见千岁的那天起，千岁的状况就一直在恶化。

“还是不太好吗……”浴野的声音有些哽咽，泪水也在她的眼眶里打转。

千岁趴在桌子上，仰头看向浴野。浴野把脸凑了过去，轻轻蹭了蹭它。千岁的鼻尖凉凉的，有些湿润。

浴野希望，千岁能一直这样陪着自己。所以，她一定要让千岁接受条件更好的治疗。不管要去多远的地方，不管要花多少钱，浴野都不会放弃。

因为浴野早已下定决心，要一直守护千岁。

“心医生，当初是您救了千岁。千岁一直有点儿怕人，但对您却一点儿戒心都没有。如果可以的话，我真的很想让它继续在您这儿接受治疗。但是……”

“我明白。没关系的，带千岁去其他医院看看吧。我来写推荐信。”

“我记得之前听您说过，您在关东的一些大医院里有认识的医生。您还说过，现在国外的动物研究已经很先进了，有的医院也引进了新的疗法。须田医生，请您帮我引荐一下吧！我希望千岁能多陪我一段时间，哪怕只多一天……不！哪怕只多一秒也好啊！为了它，我什么都愿意做！”

“这……如果您要带它去那么远的地方看病，光是治疗费，就是一笔不小的数目啊！更别说，您有没有这个时间了。浴野小姐，您要是走了，您的工作该怎么办呢？”

“其他事……总会有办法的。和千岁比起来，那些都不重要！”浴野继续恳求道。

须田无奈地叹了口气。

“我一开始就跟您说过，您养千岁之前，就得做好心理准备。这样给她治下去的话，到哪儿才是个头啊！而且，您考虑过千岁自己的想法吗？”

“我最了解千岁了！千岁现在只有我了。我想一直和它在一起！不管去哪儿，不管花多少钱我都愿意！”

“好吧。既然您都说到这个份儿上了，我给您推荐几家医院吧。这些医院的治疗方法都很先进，您好好考虑一下转院的事吧！”

见须田答应了，浴野才放下心来。她仿佛又看到了希望。回去的路上，浴野对千岁说道：“别担心，小千。我一定会治好你的！我们要一直在一起，一直一直在一起！好不好？”

千岁闭着眼睛，安静地趴在箱子里。外面传来“啪嗒啪嗒”的声音。浴野抬头一看，豆大的雨点打在玻璃上。不一会儿，窗外便下起了倾盆大雨。

这天晚上，浴野像往常一样，把千岁带上了二楼。

她正要关灯时，千岁突然凑了上来。它竖起了尾巴，尾巴尖稍微有些弯曲。千岁瞪大了眼睛，看着浴野，好像要说些什么。

浴野蹲下身来，伸出了手。就算叫它过来，它也会视而不见的。浴野已经习惯了千岁的高冷，但她还是脱口而出：“小千，到这儿来呀！”。

千岁眨了眨古铜色的眼睛，漆黑的瞳孔瞬间放大。它竟然真的过来了！千岁耸动着鼻子，嗅了嗅浴野的指尖。随后，它又用脑袋左一圈、右一圈地蹭着浴野。它白色的鼻尖一直向上，从浴野的手，蹭到胳膊。最后，它把两只小爪子搭在浴野的胸口，直接站了起来。

可能是因为过去的心理阴影，也可能是本身性格的原因，千岁并不愿意被人抱在怀里。但今天它却没有挣脱浴野的怀抱。就算浴野来回抚摸它，它也一动不动，甚至还用小舌头亲昵地舔舐浴野的脸颊。

“哈哈，这是怎么啦？怎么突然学会撒娇啦？”

浴野把千岁抱到了床上。可能是因为下午去了医院，所以它还有点儿紧张吧。或者，它也知道自己要转院了？千岁在床上踱步了一会儿之后，便把脑袋靠在枕头边，蜷成了一团。

浴野轻手轻脚地爬上床，躺在了千岁旁边。她盯着天花板，心里还在想转院的事情。

“只要能治好你的病，不管去多远的医院都行。小千，相信我！毕竟我是你亲自选中的主人嘛。为了你，我什么都愿意做。我绝对不会放弃你的！”

浴野的心中没有一丝怀疑，也没有一丝不安。从决定转院的那一刻起，她便又燃起了新的希望。她一定要治好千岁！她要让千岁像其他猫猫一样，健康地活下去，幸福地活下去。浴野想象着自己和千岁的未来，不知不觉进入了梦乡。

睡梦中，浴野察觉到了身边的响动，猛然惊醒。

借着朦胧的月光，她隐约看到窗边有个影子。那个黑影好像是……是猫猫！两只尖尖的耳朵，又细又长的尾巴，尾巴尖弯弯的。这是……

“千岁？”

浴野刚要起身，那团黑影便跳出了窗外，随即湮没在黑夜中。浴野慌忙跑到窗边，探出了身子。外面并非一片漆黑。满月的光辉投射在祇园的石板路上，千岁正抬头看向自己。

上周又下了大雨。医院墙上的寻猫启事被雨水打湿，上面的字迹已经模糊不清。浴野又贴了几张新的上去。这时，须田从医院里走了出来。他抬头看了看天空，挤出一个僵硬的笑。

“怎么样了？还是没有消息吗？”

“嗯。有几个人看见启事之后，打了电话来。可他们说的猫都不是千岁。我每天都去警局和收容所，但是一直都没有千岁的消息。它到底去哪儿了啊……”

浴野呆呆地看着寻猫启事，上面印着千岁的照片。千岁走丢，已经整整三个月了。

那天晚上，浴野飞奔到外面时，千岁还在小路上。但下一秒，它就一溜烟地跑掉了。黑夜中，浴野找遍了整个祇园，却不见千岁的踪影。她趴在地上仔细搜索，连排水管道也不放过。她找遍了一个又一个草丛，身上沾满了泥土。浴野一边抽泣，一边寻找。直到天亮，静江发现后，把她带了回去。不然，她还要一直找下去。

那时候就应该继续找。不管别人说什么，都不该停下来的。说不定再找找，就找到了呢。

“它到底……到底去哪儿了啊……”

“浴野小姐，您要懂得，宠物走丢是常有的事。不管主人再怎么小心，也总会有一些意外情况的。事已至此，请您不要太自责了。”

须田的语气一如既往的沉稳，只是这次，多了几分强硬。千岁走丢后，浴野来找过须田好几次。须田这么信任她，还把猫交给她照顾，现在却发生了这种事。须田医生肯定想痛骂自己一顿吧。但他不仅没有一句责怪，还一直在安慰她。

尽管如此，千岁还是杳无音信。浴野仍旧盯着寻猫启事出神。千岁的照片被雨水打湿，已经有些褪色。

“你看，又来了。这样下去怎么能行呢？”

“嗯？什么？”

看着目光呆滞的浴野，须田苦笑着说道：“你看看自己的表情。好像全世界都在怪你一样！其实这只是你和千岁之间的问题而已。拿我自己来说吧。工作的时候，我会把动物分成两类——有名字的动物，和没有名字的动物。有名字代表有主人，我就会把主人和动物当作一个整体来看。同样，在我这里，您和千岁也是一个整体啊。所以呀！千岁的事情由您来考虑、您来决定就好了。其他人又有什么资格指手画脚呢？”

“话是这么说，可……”

须田的语气十分真挚，深深刺痛了浴野。千岁走失后，身边的人都来安慰她，她自己的心里却只有悔恨。那天，浴野苦苦找了整整一晚后，回到了房间。窗户上的锁明明是锁着的，但窗户却开着。肯定是自己没有关严。

都怪自己。是自己弄丢了千岁！

为了开导浴野，须田的语气只能严厉起来。

“浴野小姐，我不是让你放弃。但你也要适可而止吧？你看看自己的脸色。再这样下去，你整个人会垮掉的！你也不想给身边的人添麻烦吧？”

“嗯……”

浴野被戳到痛处，低下了头。她默默叠好了皱巴巴的寻猫启事，忧郁地叹了口气。这份寻猫启事，她复印了几千张。不仅贴满了整个京都，甚至贴到了毗邻的滋贺和大阪。能想到的办法，她全都试过了。

昨天，静江终于忍无可忍，对她发了火。她质问浴野，还要这样消沉到什么时候。

面对客人的时候，浴野怎么也笑不出来。一有时间，她就上网查看流浪猫的信息。一名合格的艺伎，是绝对不会哭花了妆的。虽然静江平时也十分疼爱千岁，但她觉得，浴野是时候向前看了。

“须田医生，我……我想去千岁之前生活的地方看看。就是您发现它的那栋楼。”

“您要去那栋楼？您怎么还是……”

“猫猫不会去找自己的主人，但它们会回自己的家！当然了，千岁之前受了那么多苦，肯定不会把那个地方当成家。但说不定那儿有什么东西，让千岁放不下呢？您肯定想笑我傻吧？但无论如何，我一定要亲自去看一看！”

“那里什么都没有。就算千岁真有什么放不下，也只能是仇恨吧……”

须田眉头紧锁。他向来沉着冷静，喜怒不形于色。这样的神情，浴野还是第一次见到。最终，须田还是带浴野去了那栋楼。他先和房主井冈社长打了个招呼，然后给物业打去了电话，谎称有个熟人想看房。

那栋楼名叫“中京商业大厦”，就在须田宠物医院的后面。物业带他们来到了五楼，从里面数第二间就是了。

物业利落地打开了门。屋里光线充沛，比想象中要明亮得多。阳光透过大大的磨砂玻璃，洒进房间。

“在这种地段，上哪儿找这么便宜的房子呀！而且视野又开阔，您要是想租房，这可是个不错的选择啊！”物业满脸堆笑。

浴野站在屋子的正中间，环视着四周。房间里空荡荡的，干净的地板一尘不染，雪白的墙壁也洁净如新。曾经在这里发生的悲剧，似乎早已烟消云散。

“这里……从哪儿能进出呢？我是说，猫呀老鼠呀之类的。”

“老鼠吗？房间里有换气扇，但您放心，它们绝对进不来！天花板和通风管道也都很结实。这房子有些年头了，所以墙也很厚。”

物业说着，用手敲了敲墙壁。就是这些墙壁，囚禁了那么多的猫猫……浴野不禁打了个寒战。

她感到一阵恶心，连忙走出了房间。浴野恍惚间听见了猫的叫声。可能是自己幻听了吧。一股难闻的气味扑鼻而来。确实像须田医生说的那样，就算千岁回来，它也绝对没有悲伤，只会有恨意。

亲自来了一趟后，浴野便彻底死心了。她开始像以前一样，努力工作，在客人面前强颜欢笑。她化着浓妆，用假笑的“面具”掩盖自己的心痛。

但有时，当悔恨和悲伤席卷而来，浴野会突然放声大哭。就算在静江和其他艺伎面前，她也难以自控。浴野知道，自己的情绪给别人造成了不小的困扰，但她也没有办法控制住自己汹涌的情绪。

浴野后来又偷偷去了那栋楼。她不再抱有任何期待，只是因为除了这里，她不知道自己还能去哪儿了。她把额头贴在门上，轻声呼唤着千岁的名字。

“回来吧……回来吧，小千。”

浴野如约来到高峰朋香的店里，来取自己预订的包。

成品是一个亮橘色的单肩包。真皮材质，十分轻便，手感和看上去一样柔软。

“真漂亮啊！比我想象的还好看呢！多谢啦！”

浴野对包爱不释手，一直背在肩上，甚至忘了照镜子。包的设计师朋香是一名干练的职场女性，阿梢热情地推荐了她。看在阿梢的面子上，浴野才来到了这家店。

两个月前，浴野第一次见到朋香。那时，她们俩总是话不投机，都觉得对方有些难以言喻的奇怪的地方。

“浴野小姐，虽然这次设计的包不带配饰，但我还是想把这个给您。如果您喜欢的话，就请收下吧！”

说着，朋香递来一个挂件。橘色的真皮挂件和包的颜色相同，上面还有一只烫金的猫猫。

浴野深吸了一口气。

“天哪！这也太可爱了吧！”

浴野笑着，眼泪却不受控制地流了下来。这只猫猫是外国品种，毛发细长，和千岁一点儿也不像。即便如此，浴野还是触景生情。她感觉心口仿佛压下了一块巨石，难受地低下了头。

朋香温柔地说道:“我听梢姐说了，您之前养过一只猫猫，但是走丢了。猫猫的名字叫千岁，是吗?”

“嗯……已经一年多了。能想到的办法我都试过了，但怎么都找不到它。”

浴野极力压抑着哽咽。对朋香来说，这只不过是闲聊而已吧。但浴野却再也压抑不住自己的感情，任由泪水夺眶而出。她抬起头，委屈地看着朋香。

“我根本不想工作！我什么都不要！我只要千岁！我知道，千岁的病可能根本就治不好。我也知道，留给她的时间已经不多了。这些我都明白！但我就是想让她好好活着！我不想给别人添麻烦，所以我只能假装自己已经忘了。但每天，每天晚上！每天晚上我都在偷偷地哭！我好难过，真的好难过……千岁只陪了我一年，明明只有一年而已啊……我是不是很不可理喻?”

浴野说着说着，感觉自己像个傻瓜，一边哭一边笑。

她肯定觉得我很滑稽、很幼稚吧？算了，随她怎么想吧。

但朋香并没有嘲笑浴野，浴野的话让她感同身受。朋香摇了摇头。

“如果是以前，我可能确实会这么觉得。但现在不一样了。我和两只猫猫一起暂时生活了一个月，虽然只有一个月，可我满脑子想的都是它们。和它们分开后，看到网上的视频就不用说了，就算是看到广告里的猫猫，我都忍不住要难受一阵。你看我这样，是不是也很傻？我没能收养它们，但我还是按照它们的样子设计了这个挂件。”

朋香说完，看着挂件上的猫猫图案，自嘲地笑了。

“相处的时间固然重要。但感情的深浅是没法用时间的长短来衡量的呀。一天也好，一年也好，对于猫猫和人类来说，彼此都是对方心中无可替代的存在。就算不能再见，爱也不会停止的。”

朋香坚定的口吻，深深打动了浴野的心。她想开口道谢，嘴唇却只是发抖，什么也说不出来。

朋香继续说道：“浴野小姐，要不要再去一次心灵诊所？那里的医生确实有点儿奇怪。但我相信如果您见到他，和他聊一聊，他一定能帮到您的。门没有锁，但是要本人亲自打开才行。再去一次吧！”

朋香一脸认真。那里到底是什么地方，浴野再清楚不过。

就算再去一次，也是徒劳。那栋老旧的大楼，浴野已经不知道去过多少次了。

“咦？”

不知不觉，浴野绕了一圈，又回到了原地。她有些发蒙。

浴野无奈地笑了笑，从蛸药师街转向了麸屋町街。她不想辜负朋香的一片好意，明知结果如何，还是来了。

她竟然又走过了！到底是怎么回事？浴野回头看了看，自己好像身处六角街。周围的建筑，看上去有些陌生，但又有些似曾相识。她发现自己迷了路。

突然，浴野停下了脚步。

两栋建筑之间竟然出现了一条巷子！巷子里面十分昏暗，什么也看不清。浴野虽然惊诧不已，但还是鬼使神差般走了进去。

昏暗又潮湿的巷子尽头，是一栋又窄又高的楼——中京商业大厦。浴野进去后，发现里面还是自己熟悉的格局。她毫不费力地找到了楼梯，爬上五楼。她曾无数次来到这里，站在门口默默流泪。可她一直没有勇气，打开眼前这扇门。上次朋香替她转动了门把手，却发现门被上了锁。

浴野稍稍用力，竟然轻松推开了门。房间里装修得焕然一新，和之前的感觉截然不同。一进门，就能看见前台。但没有人在。

“啪嗒啪嗒——”随着一阵拖鞋拍打地板的声音，护士走了出来。这个女人看起来二十六七岁，皮肤白皙。

“竹田亚美小姐，您终于来了。”

“啊？”

浴野十分震惊。终于来了？她明明没有预约，这个护士怎么会这么说？而且……她又是怎么知道自己的本名的？

“您请坐。”护士淡淡地说道。

这个护士是什么情况？总感觉在哪儿见过。她的脸，还有她的声音——到底是谁来着？

浴野疑惑地坐在了那张单人沙发上。屋子不大，但很干净，采光也很好。看来朋香说的是真的。这里现在真的是一家诊所。

“请进！”诊室里面传来男人的声音。

浴野走了进去。一个身穿白衣的男人正坐在椅子上，看着自己。

男人微笑着说道：“竹田小姐，您可算来啦！我们可恭候多时了呢！”

“您是……”浴野又是一阵恍惚，她见过这个医生，“我们在心医生的医院见过的吧！没错，您是米奥的主人吧！”

浴野在须田医院的候诊区见过他好几次。和千岁一起被救出来的那只黑猫，就是被他收养的。浴野忘了男人的名字，只记得他的猫叫米奥。浴野又陷入了混乱。医生伸手示意她坐下。

“您今天为什么来呀？”医生温柔地笑了笑。

“为什么……”

突然被问到来访的原因，浴野不知该如何回答。眼前这个男人，好像确实是个医生。看来，问诊已经开始了。

不过，浴野也不知道自己为什么要来。她没有什么烦心事，生活一切顺利，身体也很健康。是啊，自己到底想要什么呢？

但她还是下意识地吐露了心声：“我的猫猫还没回来。”

“明白了。”医生笑眯眯地说道。

“那就开一副猫猫处方吧。”他转身朝帘子后面说道：“千岁护士，带猫猫过来。”

“千岁？”浴野屏住了呼吸。

帘子被拉开，刚才的护士走了进来。她的手里拿着一个箱子。这是个简易的塑料箱，和当时用来装千岁的宠物箱一模一样。

“千岁？你是千岁？！”

浴野难以置信地抓紧了箱子。箱子里是一只茶色的猫，它的脸圆滚滚的。

“竹田小姐，您和家人住在一起吗？”医生对一脸吃惊的浴野说道。

“啊？嗯嗯。呃……也不是，怎么了？”

面对医生突如其来的提问，浴野支支吾吾，不知如何回答。

“啊哈哈。到底是不是呀？”

“也不是真正的家人……但她们就像我的家人一样。”

“这样啊。还是有家人在比较好哟。这只猫猫‘药性’很猛，一个人恐怕承受不住！得稀释以后才能‘服用’。”

“嗯？”

“它的‘药效’有很多，而且不只对您，对您周围的人也都有效。先给您开十天的量吧！把这张处方交给前台，领了东西，就可以回去了。那十天后见！”

“哦哦……”

浴野看着箱子里的猫，稀里糊涂地应了一声。它也瞪圆了眼睛，一动不动地盯着浴野。

浴野走出诊室，坐在了沙发上。她还没搞清楚，到底发生了什么状况。腿上沉甸甸的分量，让她想起了千岁。千岁之前也是这么重。

“竹田小姐，这边请。”护士示意浴野到前台来。

浴野将处方递了过去，然后从护士手里接过了一个纸袋。

“里面有说明书，请您仔细阅读。如果‘服用’猫猫处方以后，症状有所改善，就不用再来了。”

“啊？可以吗？”

“当然，我会和医生说的。希望您早日康复。请多保重。”

“但是，这只猫猫该怎么……”

“请多保重。”

“这只猫是……”

“请多保重。”

护士头也不抬，声音冷冰冰的。浴野走出了大楼。她一手拎着箱子，一手拿着说明书，开始阅读。

“团团，雄性，五个月，苏格兰折耳猫。早晚各喂一次，适量即可。饮用水常备。及时打扫粪便。基本无须特殊照顾。应适当与猫猫亲近，但请勿‘逼猫太甚’，否则猫猫可能会被吓跑。睡觉时，请让猫猫与患者共处一室。谨记。”

“什么啊？这是什么意思啊？”

浴野的心里感觉有些别扭。她已经一年多没有和猫生活在同一屋檐下了。如果千岁回来，闻到自己身上有其他猫的味道，就不会再亲近自己了。

这也太突然了吧！医生就这么塞给自己一只猫，自己还没做好任何心理准备呢！朋香还说，医生一定会帮到自己。这算哪门子帮忙啊！

浴野走出了巷子，却感觉自己仍然被雾气包围着。

静江趴在榻榻米上，拼命想吸引团团的注意。店里的另一个艺伎百合叶，也趴在地上，轻轻摇晃着手里的逗猫棒。

“团团乖，来呀！到姐姐这儿来！”

团团分别打量了一番两个人，迈开小短腿，跑向了百合叶。谁知静江竟然从兜里掏出一根猫条！也不知道她什么时候买的。

“团团，你看！快到妈妈这儿来！妈妈有好吃的哟！”

“您这是作弊！浴野姐，你说是不是！”

浴野在一旁，静静地看着她们两个和团团玩闹。静江本来就非常喜欢猫。浴野没和她商量，就把团团带了回来，但静江还是欣然接受了。她甚至十分欢迎这个新成员。百合叶和浴野一样，独立后仍然住在店里。千岁在的时候，静江和百合叶就没少帮忙照顾。

折耳猫的耳朵弯弯的，小巧精致。包子一样圆的脸，还有短短胖胖的四肢，可爱的外形让这个品种备受欢迎。团团的脑袋圆滚滚的，两只三角形的小耳朵像粘上去的一样。整体看来，团团的小耳朵就像一个变了形的蝴蝶结发圈！团团的眼睛圆圆的——不！准确来说，它浑身上下都是圆圆的。

团团和说明书上写的一样，十分亲人。一叫它，它就立刻跑过来。没人逗它的时候，它自己玩得也很开心。此刻，团团正抱着一个毛线球，兴奋地滚来滚去。

“团团……好可爱呀！”静江看着团团，情不自禁地感叹道，“感觉心里缺的那一块，被它填满了呢！真好啊，浴野又开始养猫猫了。”

“是啊。浴野姐之前一直不开心。其实我也是……小千走失了以后，我一直感觉很寂寞。不过现在好啦！这不是有团团了嘛！”

百合叶本来还眼泪汪汪的，看到团团的样子，一下被逗笑了。团团笨拙地抱着毛线球，在地上翻起了跟头。

“静江妈妈！你快看，你快看呀！我就说，总感觉团团像什么东西来着——糯米团子嘛！”

“糯米团子？带馅儿的那个糯米团子？”

“对！裹着黄豆粉的团子！看上去金灿灿、圆滚滚、软软糯糯的，好吃得很呢！”

“哎哟！还真是！那我要……红豆馅的！”

“我要绿豆馅的！浴野姐，你呢？”百合叶兴致勃勃地问道。

浴野却冷着一张脸。这两个人已经被团团迷得神魂颠倒了！浴野心中有些不开心。

“静江妈妈，百合叶，我都说了多少遍了！这只猫猫几天以后就得送回去！”

静江和百合叶面面相觑，互相交换了个眼神。二人尴尬地笑了笑。

“浴野，你既然愿意把它带回来，不就说明你已经向前看了吗？而且医生不是说，可以把它留下来嘛……”

“对呀对呀！浴野姐，我也会帮忙照顾团团的！”

两人一唱一和，配合得天衣无缝。她们肯定趁浴野不在的时候，偷偷串通好了。

“静江妈妈！百合叶！你们说什么呢？！”

浴野极力掩盖自己的内心。她又想起了那个护士的话——如果症状有所改善，就不用再去了。

“总之，这只猫猫只是寄养在这，我不会让它留下的！你们别再说这样的话了。千岁知道了会伤心的！好像我不要它了一样。”

“不是这样的啊，浴野。就算有了新的猫猫，也不代表你放弃了千岁啊。你还可以继续等它呀！你可以继续把它放在心里，但你总要追求自己的幸福吧？”

静江耐心地说教起来。说完，她轻轻拍了拍手。

“团团，过来！来呀！不愿意吗？看，这是什么！你最爱的零食哟！”

静江又使出了绝招——猫条诱惑。果然，团团扔下手里的毛线球，一颠一颠地跑了过来。静江一把抱起了团团。

“团团真乖！浴野，团团来了以后，你一次都没抱过它，也从来不陪它玩。你甚至连它的名字都没叫过吧？”

说着，静江便托着团团短短粗粗的前腿，将它举了起来。团团那两只肉乎乎的小爪子高高抬起，好像在欢呼。它椭圆形的小脑瓜看起来十分憨厚，简直太滑稽了！

浴野差点儿被它逗笑。不行！要忍住。浴野多看团团一眼，心里的负罪感就加深一些。如果就这样接受了团团，不就等于抛弃了千岁吗？说不定现在，千岁正看着自己呢。

“来呀！你抱抱它嘛！”静江把团团又凑近了些，浴野却直接转过了身子。

“算了吧，如果千岁回来，发现多了一只猫，她该伤心了。”

浴野说完，便赶紧跑上了二楼。她冲进房间，把脸埋在枕头里，抽泣起来。

“小千……我绝对不会忘了你的！我才不要其他猫！我只要你……”

楼下传来两个人欢快的笑声。团团应该和她们俩玩得正开心吧……就算自己不在，它也不会寂寞的。

可到了晚上，静江还是把团团送到了浴野的房间。在狭小的空间里，团团总在浴野的眼前晃来晃去，浴野只能假装看不见。而团团似乎也察觉到了浴野的态度。于是它也收起了亲人的一面，开始故作高冷，没有主动上前撒娇。浴野拉灯绳关掉了那盏老台灯。团团见状，便默默走回了自己的小床——一个藤条小筐。

这一晚，团团依旧坐在自己的小窝里，一动也不动。它暗中观察着浴野，一双铃铛一样的眼睛仿佛试图窥探出一些什么。或许，此刻它很寂寞吧。又或许，它已经看透了浴野的心思，明白她想要的是什么，真正需要的是什么。

浴野看着团团，想起了百合叶的话。糯米团子——裹着一层黄豆粉的，椭圆形的糯米团子。团团那张肉嘟嘟的小脸，可不就像一个糯米团子嘛！而且它的脸颊圆鼓鼓的，看上去十分柔软。浴野最喜欢吃红豆沙馅的糯米团子。味道甜甜的，吃一口就很开心。

“嘿嘿……”

团团敏锐地捕捉到浴野扑哧的一声笑。它迅速站起身来，把两只小爪子搭在筐边，向前探出身子。

浴野心里一动。原来，刚才的高冷都是装的，它只是在等待时机！浴野想起了说明书上写的——“应适当与猫猫亲近”。如果现在叫它，它肯定会跑过来，用圆滚滚的小脑袋蹭自己。浴野想着想着，心里又是一阵说不出的难受，强烈的负罪感压得她喘不过气来。

不行！浴野赶紧把脸别到了一旁。

绝对不可以！我怎么能这么轻易就接受别的猫！绝对不能像静江和百合叶那两个人一样。我必须和团团保持距离。

团团见浴野迟迟不理自己，只能沮丧地放下两只小爪子，无精打采地趴下了。

那张圆圆的小猫脸上，出现了寂寞的神情。

浴野搀扶着井冈，把他送出了酒馆。

“井冈社长，路上滑，您当心脚下！”

“这雨下得还挺大啊！”

出租车已经在门口等候多时。井冈上车前，抬头看了看天空。刚才还是倾盆大雨，现在却连一片乌云都看不见了。一轮圆月高高地挂在天上，像耀眼的探照灯，将湿漉漉的石阶照得发亮。

“浴野啊！下回还得是你呀！我把须田医生也叫来！还有那些……什么义工，让他们也放松放松！”

“好呀！那可是我的荣幸呢。”

“他们要是知道，世界上竟然有这么漂亮的姑娘，肯定要惊掉下巴啦！毕竟他们成天跟动物打交道，都是些怪人！”

“怪人？那正好跟我合得来呢！期待您下次光临啊！”

浴野送走井冈后，和艺伎们坐上了回住处的车。其他人中途相继下车，最后只剩下浴野一个。

透过车窗，浴野看着天上皎洁的明月。月色太美，她突然想下去走走。平时，她可不会大晚上一个人散步。可是……偶尔任性一次也没关系吧！浴野下了车。街上灯火通明，车灯也亮得刺眼。幸好，根本没有人注意到她这身艺伎的打扮。于是她转过身，慢慢向前走去。

浴野抬起头。满月好像一个又大又圆的玉盘，金灿灿的月光点亮了漆黑的夜空。她看着看着，感觉自己仿佛要被吸进去了。再一看，金黄的月亮又像一个超级大的糯米团子，上面洒满了黄豆粉。

"哇……"

浴野停下了脚步。一想到糯米团子，眼前的月亮竟然变成了团团的模样。一个圆滚滚的团团挂在天上，脑袋上还扎了一个蝴蝶结。月亮怎么可能像糯米团子！更别说像猫猫了！

"浴野你真是的……够了！"

浴野对自己的心猿意马感到不满。现在她甚至没法直视月亮了。

明天！明天就把团团送回去！这样一来，那些乱七八糟的想法就都消失了，自己的心也不用再受折磨了。她的心里本应该只有千岁，可团团的到来却总是扰乱她的思绪。

对！我只能想着千岁。千岁拥有的也只有我一个了啊……

心里被掏空的地方，怎么能轻易让其他猫填满！千岁至今下落不明，我怎么能独自偷偷幸福呢！

月光洒在石板路上，折射出微弱的光。这次临时起意的散步，不知不觉就结束了。浴野已经走到了家门口。

她正准备开门，却见一道人影闪过，浴野吓得后退了几步。不对！这不是人影！浴野定睛一看，石板路上的影子勾勒出一只猫的轮廓。月光下，这只猫化作一团黑影，融入了漆黑的夜。隐约可见，它竖起了细长的尾巴，尾巴尖还有些卷曲。

浴野皱起眉头，瞪大了眼睛。这该不会是……

猫走了过来。黑暗中，浴野看不太清楚。

她只能看见它圆胖的身体，还有短短的腿。刚才弯曲的尾巴尖，似乎只是自己的错觉。

“团团？”

浴野出了一身冷汗。不可能啊……这个时间，团团应该在二楼的房间里啊。但随着它一步步靠近，浴野终于看清了。这就是团团！团团竟然跑出来了！

为什么？为什么又是这样？

浴野伸出手来。团团却吓得快速后退，又把身体藏进了一片黑暗中。它的神情也充满了戒备，和之前截然不同。团团突然压低了两只前爪，一副随时准备逃跑的样子。

“团团……乖，别怕！来，过来啊！这儿有好吃的，是你最喜欢吃的。你看！”

听到浴野的声音，团团的身子趴得更低了。对于家养的宠物来说，外面的世界充满未知。此刻，兴奋和恐惧充斥着团团的大脑，不管人类对它说什么，都没有什么效果。

更别说是自己了。浴野咬紧了嘴唇。这些日子，团团总是满怀期待地主动示好，而浴野却一次又一次地转过身去。也难怪团团对自己充满防备。

但现在，必须做点什么！

如果什么都不做，就再也没法挽回了！浴野想起那天晚上，不管她怎么追，都追不上千岁。现在，哪怕她再往前一步，团团都会立刻逃跑。

浴野浑身发抖。她害怕。她害怕再一次失去。

“团团……”

浴野不顾湿透的和服，直接跪在了石板地上。

“团团，没事的！过来吧！”

说着，她慢慢张开双手。但团团还是一脸戒备，眼看着就要转身跑掉。泪水在浴野的眼眶里打转，她的嘴唇也开始颤抖。

“团团，对不起！自从你来了，我就一直对你很冷淡。我……我怕自己太喜欢你。我怕我有了你，就会把千岁忘了！那样的话，千岁真的太可怜了！对不起！都是我的错！”

浴野说完，已经泪流满面。失去了千岁，她追悔莫及。她也因此把心门封得死死的，对眼前的一切故意视而不见。

“团团，别走……留在我身边吧！别走……”

浴野闭紧双眼，默默祈祷着。

回来吧，我的猫猫。快回来吧。

突然，浴野的指尖传来一阵凉飕飕的触感。团团正用砂纸一样粗糙的小舌头，舔着浴野的手指。它圆圆的脑袋，直往浴野怀里拱。

“团团……”

浴野连忙把团团抱了起来。团团的分量着实不轻，抱着还很暖和。它的身子抻得老长，浴野被这惊人的柔韧度逗得破涕为笑。

她温柔地把团团抱回了家。进屋后，团团若无其事地跳出浴野的怀抱，轻盈地落在地上。它迈着轻快的步伐走进房间，从静江的脚边钻了过去。静江正要出来迎接浴野，看到团团后，她十分惊讶。

“难道团团跑出去了?！它明明在楼上啊！”

“是啊！这都第二次了……它会不会是从我的房间里跑出去的?”

“不会吧！不应该啊……”

两人走上楼，来到了浴野的房间。这是一间老旧的日式房间。刚进门，两人便愣住了。

“窗户怎么开了！”静江慌了神。“我明明检查过啊！把窗户锁上之后，我才让团团进来的。难不成……是我记错了?”

空气里弥漫着雨水的味道，和那天晚上一样。浴野走向窗边。

窗户只开了一道小缝，但足以让猫通过了。团团肯定就是从这出去的。

“静江妈妈，你看！”

“天哪！怎么会这样……浴野，都是我的错！都怪我，差点让团团和千岁一样跑丢了。我真是对不起你……”

“看这里，这边的锁没锁上。”

静江瞪大了眼睛，盯着窗框上半月形的锁。两扇窗户中间空出好大的缝隙，窗户里侧的金属零件有些松动。就算上了锁，稍微用点力，也能轻松推开。

“真是……可能这房子太旧了，锁不太好用了。”

静江呆呆地盯着窗户。浴野每天都要开关窗户。这个锁究竟是什么时候坏的呢？每次出门的时候，自己都会认真检查，竟然一直没有注意到？

但还是说不通。浴野把身子探出窗户，开始观察外面的墙壁和屋顶。她突然发现，本该贴着墙壁的水管竟然从外面顶开了窗框！静江也探出头来。

“啊！可能是雨水太多，把水管压垮了。稍等，我这就把它推上去！”

说着，静江伸出手把水管推回了原处。没有了水管的压力，窗户不再吱吱作响，原本的缝隙也顺利地闭合了。

“原来是因为这个，窗户才……”

“嗯？你说话了吗？”

“没事，没什么。静江妈妈，这样下去挺危险的，赶紧找个师傅来修一下吧！”

“嗯嗯。明天我就给师傅打电话。”

浴野轻轻转动锁片。“咔嗒”一声，窗户锁上了。

每次水管从外面顶开窗户，屋内的锁就失去了作用。那天也是这样吧。千岁跑出去的那天，晚上也下着大雨。也许那天和今天一样，只要轻轻一推，窗户就开了。尽管浴野已经没法再现当时的情景，但一直以来扎在她心里的那根刺，好像正在一点点被拔除。

“浴野！我把团团带来啦！我能进来吗？”

门口传来百合叶的声音。浴野又检查了一遍，确定窗户已经锁好了。她打开门，百合叶正抱着团团站在门口。

“谢啦！百合叶。”

浴野正打算接过团团，但百合叶却阴沉着脸，不肯放手。

“百合叶？你怎么啦？”浴野问道。

百合叶摇了摇头，说：“我不想……我不想把团团还回去！浴野姐，我们就这样一直养着它不行吗？如果你嫌麻烦的话，就让它待在我那儿！我一个人来照顾它！”

浴野这才意识到，原来痛苦的不只是自己。一直以来，静江和百合叶也忍受着孤独。

大家都知道，养猫到底有多辛苦。每只猫的情况都不一样，就算之前有经验，也没法照搬。团团把小脑袋靠在百合叶的肩上。如果决定养它，那辛苦的日子还在后面呢。别看团团看上去黏人，但要真想赢得它的信任，还得靠大家一起努力才行。

明天就该去那家诊所了。护士之前说过，来不来都行。但自己必须得去。不只是为了团团。浴野要再见一见那个医生，这次她要看清楚自己的内心。

浴野提着宠物箱，推开了诊所的门。护士坐在前台，抬起了头。

“哦？您还是来了啊。真是守规矩呢。”

护士的语气和之前一样，冷冰冰的。浴野看着护士那张脸，感觉像在照镜子一样。她的脸、她的声音，都像极了自己。

不可能，绝对不可能……浴野坐在了沙发上。

“请进吧！”

诊室里传来男人的声音。浴野一进门，就看见医生正对她温柔地笑。

“哎哟！您的气色很好嘛！看来猫猫处方效果不错哟！”

“啊……”

浴野困惑地坐下了。这个医生看起来也很像一个人——米奥的主人。浴野在须田医院见过他几次，每次他都带着他的黑猫米奥。听须田医生说，他在某个动物保护组织工作。而且他还做义工，好像在当心理医生。虽然这两个人气质不同，但乍一看，长得简直一模一样。

浴野试探性地问道：“米奥，你最近怎么样？”

话音刚落，医生便笑着点点头，说道：“我挺好的！对了，猫猫回来了吗？”

“嗯？”

“您的猫猫回来了吗？”

医生的询问让浴野愣住了。这时，她腿上的箱子里传来一阵躁动。她伸手想稳住箱子，却感受到箱子在剧烈晃动。现在，团团就在里面。

“嗯嗯，回来了。”

“这样啊。那就好！千岁，把猫猫带走吧！”

医生刚伸出手，浴野就赶紧把箱子抱在了怀里。

“我……我知道这么说可能有点儿突然……团团是您的猫吗？如果是的话……”

“不不不，这可不是我的猫。”医生轻声笑了笑。

“它是宠物店的猫猫。这个品种的猫猫可是很受欢迎的！但可惜，顾客们都更喜欢耳朵更弯一点儿的猫……反正这只猫猫一直没卖出去，养着养着就错过‘花期’了。毕竟大家都喜欢小猫崽嘛。”

花期？浴野觉得，这种说法听起来很刺耳。她不禁皱起了眉头，但医生还是一脸无所谓的表情。

“宠物店也得做生意赚钱嘛！卖不出去的猫猫，也得想办法解决。这只猫猫已经辗转了好几家宠物店了。说不定换个地方，就有人相中它了呢！可能这次，它就能找到自己的主人了。好啦！咱们走吧！”

医生说完，一把拿起箱子，朝帘子后面走去。浴野又一次叫住了他。

“您等一下！这次它会被送去哪个宠物店呢？我该去哪儿，才能再见到团团呢？”

“这个嘛，去哪儿呢……反正您认真找找，总能找到的呀！”

“这可怎么找啊？！”

突然，帘子被拉开，护士走了进来。她眉头紧锁，一脸不满。

“医生，您就别逗她了！直接把地址告诉她不就行了吗！”

护士说着，抢过了医生手里的箱子。她转过身，对浴野说道：“滋贺县，草津。猫猫就在那儿的购物中心里。”

“哦哦，草津的购物中心是吧！我去那儿就能见到团团了，对吧？”

“嗯，不过也得看缘分。到了周末，很多人会带家人一起去。

您想去的话就趁早吧！”

“好！好！那我尽量早一些过去！”

“我的事……你就不要放在心上了。”护士突然把头转到一边，小声地说。

浴野看着那张神似自己的脸。

“那天……那个时候，就是碰巧而已。我没有特意在等你。我也不是怕你为难才离开的。我就是想换个地方，这是我自己的决定，所以你别一直闷闷不乐的。”

浴野一头雾水，她不知道护士在说些什么。护士又皱起眉头。她的神情中掠过一丝羞涩，随后清了清嗓子，说道：“猫猫嘛，这个世界上有的是啊！所以赶紧忘了以前的事，去接团团吧！别看它有的时候反应慢，呆头呆脑的，但其实还挺可爱的。而且它很适合你！”

“谢……谢谢……”

还没等浴野道完谢，护士便拿着箱子出去了。真是个奇怪的女人！她看起来冷冰冰的，但刚才的话好像又在安慰自己。尽管静江和百合叶都劝浴野留下团团，但自己一直犹豫不决。如果心结不能完全解开，说不定自己什么时候又要临阵脱逃。

不过，护士的这番话，却莫名地让她下定了决心。

医生像耍脾气的小孩，嘴里嘟囔个不停。

“搞得我像坏人一样！我还不是为了你好……”

“医生？”

“啊？”

“我回去和家里人商量一下。如果有缘分的话，我想把团团带回家！您觉得怎么样？”

“我觉得怎么样？”医生难以置信地笑了笑。他歪了歪头，反问道：“我怎么想，重要吗？”

“不……不是，其实……”

浴野说到一半，低下了头。她不知道这里是什么地方，也不知道这个医生到底是什么人。不过有些问题，只有他才知道答案。浴野深吸一口气，抬起了头。

“千岁是怎么想的呢？”

“啊哈哈——这我可不知道！她刚才倒是挺能逞强的。但话说回来，不管是猫还是人，自己心里的想法，当然只有自己知道啦！不过从猫猫的角度来看吧……你们人类确实挺执着的。猫猫虽然弱小，但它们都有属于自己的小世界。从踏入新天地的那一刻起，猫猫就已经向前看了。不管新生活有多艰难，它们都不会回头的。你一直无法释怀，真的是因为觉得猫猫可怜吗？是因为你自己感觉孤单吧。其实，她心里也放不下你啊！她一直在默默爱你，现在也一样。”

医生温柔地笑了。

“放手吧。好好告个别！”

“告别……”

早在她收养千岁那天，须田医生就说过一样的话。她以为，那时自己就已经做好了心理准备。

但其实，浴野一直没有准备好迎接离别。她孤单，她悲伤，她拼命想留住千岁。可千岁突然离开，根本没有给浴野告别的机会。千岁离开后，浴野迟迟走不出来。她甚至不愿意接受现实。

可是，现在真的该放手了。主人总要学会接受宠物的离去。

浴野闭上了眼睛。

再见啦，尾巴弯弯的三花猫。有柔顺的毛发，鼻子周围还有小白毛的三花猫。

你的自尊心很强，总是一副高冷的样子。你的眼底写满了倔强，就连撒娇的时候也不忘保持风度。和你在一起的时候，我总是沉默，但其实我有好多话想对你说。

我们彼此陪伴的时间很短，却很幸福。对不起，是我没保护好你。谢谢你，出现在我的生命里。

我很喜欢你。非常非常喜欢你。谢谢你，千岁。

再见啦。别忘了，我永远爱你。

浴野睁开眼睛，发现医生也一直闭着眼睛。她以为，医生在等待自己平复心情。谁知下一秒，医生竟然开始左摇右晃。

“医生？”

“怎么了？”医生猛地睁开眼睛。“哦哦，结束啦？”

“呃……嗯嗯。”

“好啊，太好了！看来您已经不用再来我们这儿了。那请多保重啦！”

浴野什么都没有说，点点头后，便离开了诊室。候诊区空无一人。浴野想起了须田医院的候诊区。那里的墙上贴满了照片，主人们带着猫坐在长椅上。虽然主人之间只是简单寒暄，但说不定箱子里的猫猫们也能感受到同类的存在。也许当时，千岁和米奥也在用猫猫的语言聊天。

护士坐在前台。浴野向她点头示意后，便准备推门离开。这时，护士从后面叫住了她。

“对不起，明明说好要一直陪着你的。”

“什么？”

“说好要一直陪着你，我却不辞而别了。抱歉啦。”护士说完，抬起头，露出一个浅浅的微笑。

“多保重。”

“啊？”

浴野不明所以地离开诊所，走出了大楼。她抬起头，看见了远处的蓝天。

浴野沿着巷子一边走，一边拨通了电话。

“喂？百合叶，是我！团团就在草津的购物中心。我现在去接它，你要不要来？哦，对，那谁来接待客人啊……啊？让静江妈妈去？行吧行吧，那咱们一起去接团团！”

走出狭窄的巷子，眼前是京都市区内宽敞的街道。在这棋盘一样纵横交错的地方，稍不留神就会迷失方向。就算是熟悉的路，也可能走错。

浴野向前走去。现在，她不再迷茫。

狭小的诊室里，只剩下米奥。

他坐在椅子上，盯着天花板发呆。他在这里出生，在这里长大。就算这间屋子现在变了个样，但过去熟悉的气息却不曾消散。那时，他身边有好多同伴。慢慢地，这里只剩下他自己。米奥闭上双眼，沉浸在孤独中。

“唰”的一声，帘子被拉开来。米奥吓了一跳，差点从椅子上滚下来。千岁却只是冷冷地看了他一眼。

“米奥医生，您这是干吗呢？”

“不是……这应该是我的台词吧！千岁护士，你怎么还在这儿呢？”

“我要是不在，谁来接待病人？谁来管那些猫猫？谁来照顾您啊？”

“这这……反正总会有办法的！不管怎么说，还是我看起来比较靠谱！”

“亏你说得出来！”千岁瞪了瞪眼。“要不是我看着你，你能睡一整天！还有猫猫处方，你每次都不过脑子！虽说到目前为止，还没出过什么岔子吧……但万一有的猫猫没找到去处，看你怎么办！”

“哎哟，不会的！我可是对症下药，保证患者和猫猫都满意！”

“真的假的？我看你靠的不是眼睛，是运气和瞎蒙吧！”

千岁毫不留情地戳穿了他。米奥低下头，赌气地说：“我才没有呢……你的患者已经来了吧，我这儿就不用你操心了。”

“你又说什么气话！”

千岁愣了愣，深深叹了口气。

“好啦！米奥医生，谁叫我跟你有这段孽缘呢！我就留在这儿，陪你等患者吧！”

“你非要在这儿的话，也不是不行……”

米奥心中窃喜，根本控制不住上扬的嘴角。这时，门口传来一阵声响，好像有人来了。千岁透过帘子的缝隙，往外瞥了一眼。

“有患者来了！如果是预约的患者就好了。”

“肯定不是！好像是个女人。不知道他们都是从哪儿听来的消息，再这样下去，我都没时间午睡了！”

“哼，您可真好意思！刚才您不是还睡了一觉吗？”

“没有！我没睡！我那是在品味孤独。”

“这传言有时候也不是完全不靠谱嘛。传着传着，竟然传到了我主人的耳朵里！说不定哪天，你等的患者也会慕名而来的！好啦，我要去接待患者了。你精神点儿呀！把腰挺直了！”

千岁又换上一副冷冰冰的样子，走到了帘子后面。不一会儿，一个年轻女人愁容满面地走进了诊室。也不知道她在哪里、从谁那里听来些不靠谱的消息，才找到这里。她看起来有些局促。

米奥和她聊了聊，然后笑眯眯地说道:“那就开一副猫猫处方吧。千岁护士，带猫猫过来！”

译者简介

宋川川，由北京外国语大学日语学院师生组成的翻译小分队，作品面向正在寻找治愈之地的男生和女生，还有那些尽管眼神中流露出一丝丝疲惫，但依然怀有少男、少女心的大朋友。

小分队教练宋刚，副教授，热爱文学、翻译。曾为奶奶买过两只两个星期大的猫宝宝。一只两周后因为拉肚子“英年早逝”。另一只在奶奶去世几天后，寻着奶奶的味道，悄悄跟随奶奶走了。

小分队队长孙羽瑄，2024 级翻译硕士，热爱“撸”猫、狗、铁。她说：“无论什么疑难杂症，总有合适的猫猫处方——只要你愿意亲手推开那扇门。”

小分队队员陈亿婷，2021 级本科生。热爱动漫、游戏和一切可爱的事物。她说：“人类宠爱猫猫，猫猫也在宠爱人类——你予它一个温暖的窝，它‘赐’你一个温馨的家。”

小分队队员郭铭然，2021 级本科生。喜欢听音乐、打游戏、摸猫猫。咦，是谁被猫猫迷得神魂颠倒，却还没有机会领一只回家？是我。呜呜呜……人生理想是养一只黑猫。她说：“希望每个人都可以遇见一只属于自己的猫猫，带你走出当下的困境。”喵……

小分队队员刘心怡，2021 级本科生。小时候妈妈不让养猫，但她总会和姐姐一起喂流浪动物，猫猫会把人们弄丢的健康的心带回来。她说：“祝大家老有所依，幼有所养，住有所居，病有所医。”